金獅子王と孕む日

西野　花

キャラ文庫

この作品はフィクションです。
実在の人物・団体・事件などにはいっさい関係ありません。

目次

口絵・本文イラスト／北沢きょう

金獅子王と孕む月

洞窟《どうくつ》をくり抜いて作られた巣のような住処《すみか》はあまり陽が差し込まず、いつも彼らの体臭や食べ物の匂いなどですえた臭いがしていた。

ここへ連れ込まれてからもうどれくらいの時間が経《た》ったろう。日にちどころか、時間の感覚すら覚束《おぼつか》なくなっていた。

床に敷かれた粗末な布の上に横たわっていたラーシャは、近づいてくるいくつもの足音に目を覚ました。自分がまだ生きていることに絶望する。またあれが始まるのだ。

薄汚れた木の扉が開くと、そこから何人もの男が入ってきた。どの男も豚のような頭部を持っている。オークという豚と人の中間の姿をした種族だ。非常に凶暴で好戦的であり、また性欲が強く、他種族でも平気で攫《さら》ってきて犯してしまう。捕まえた獲物は孕《はら》ませるか死ぬまで犯すので、他種族の雌はオークの巣には近づかないように注意していた。だが、ラーシャは知らなかった。まさかこんなところに巣があったなんて。ただ薬草を採りに来ただけなのに、捕まってこんな目に遭ってしまっている。

「どうだ、元気にしているか」

オークはラーシャの長い黒髪を摑《つか》み、引き上げた。

「っ」

痛みに歪《ゆが》んだラーシャの端整な顔に生臭い息がかかる。

「今日も可愛《かわい》がってやるからな」

「い…いやだ……っ」

やっとのことで抗《あらが》いの言葉を漏らした。ここに連れて来られた時から衣服など与えてもらえず、足には拘束の枷《かせ》が鎖に繋《つな》がれている。両腕や両脚を摑まれ、ラーシャはこれまで横たわっていた布の上に押さえつけられた。

「いやだっ…、もう、やめろ……っ」

「まだそんな元気があるのか」

「じゃあ遠慮はいらねえってことだな。今日もヒーヒー泣かせてやる」

「おい、アレ持ってこい」

すぐに薄汚れた瓶が用意される。それがラーシャの身体《からだ》の上で傾けられると、とろりとした油のようなものが肌の上に垂らされた。洞窟の中にふわりと甘い香りが広がる。それは媚薬《びやく》作用のある香油だった。

「お前はよがる様がたまんねえからこいつを使ってやるんだ。感謝するんだな」

「しかしこいつ、月人《げつじん》だろう？　孕まねえのかな」

「お前知らないのか。最近こいつらは孕みにくくなってるんだとよ」

「へえ、そうなのか。雄でも妊娠するなんて、まあめずらしいからなあ」

ラーシャはイェンネ族の中の月人と呼ばれる人種だった。月人は男でも妊娠するという特性を持つ。通常のヒトの種族であれば、妊娠したとわかるまでには受精してから数ヶ月を要するが、月人はその瞬間にわかるという。ラーシャはまだ孕んだことがないのでそれがどんなものかはわからないが、その時が来れば必ずわかると教えられていた。

「けど、月人が淫乱《いんらん》だってのは本当だったな」

オークの無骨な手が、香油を塗り広げるように全身に這《は》わされていった。ラーシャはその度にぴくぴくと肌を震わせてしまう。感じたくなんかないのに、敏感な身体は恨めしいほどに刺激を拾ってしまうのだ。

ざらついた指の腹で乳首を擦《こす》られ、ビクン、と上体が跳ねる。声を出すまいと咄嗟《とっさ》に唇を噛《か》んだ。

「ふっ、うっ」

「へへ、ここ気持ちいいんだろ?」

「どれ、俺も」

両方の乳首をこりこりと虐《いじ》められ、身悶《みもだ》えするほどの快感が込み上げてくる。

「く、ぅう、んっ！」

媚薬の作用と香油のぬめりがラーシャの乳首を尖《とが》らせ、卑猥《ひわい》に膨らませる。オーク達は他の獲物にもそうなのかは知らないが、捕らえたその日からラーシャの身体中を愛撫《あいぶ》して感じさせてきた。先日は「一日で何回イカせられるのか試してみよう」などと言われ、本当に一日中イかされ続けて、頭がおかしくなるかと思った。

「こっちにもたっぷり塗ってやるからな」

「あっ嫌だっ…！　そこ、あっ！　う、う…っ」

両脚を開かせられるのに抵抗しようにも、屈強なオークに両側から押さえつけられ、ラーシャのしなやかな脚は易々《やすやす》と開いていった。あられもない格好をさせられる羞恥《しゅうち》と無力感。そして香油を纏《まと》った太い指が双丘の奥に潜り込んでいく。後孔の入り口をこじ開けられ、わななく媚肉に香油が塗られる。

「あっ、くううっ、…っう、うーっ」

すぐにジン、とした熱さと疼《うず》きが全身に広がった。こうなるともう駄目だった。ラーシャの身体は、もうどんな快楽にも耐えられない。

「そら、そら、もうぐちゅぐちゅいってるぜ。ここが濡《ぬ》れるのは孕む体質だからか？」

オークの言うことは当たっていた。月人は妊娠が可能なため、後ろが女のように濡れてしまう。

「あっ、あ…っ、んんうう、…っそ、そんなにっ、ほじらな……っ」

太く長い指で肉洞をずりゅずりゅと擦られる度に下腹に快感がうねった。ラーシャは背中を浮かせて悶える。そんなラーシャの身体の至るところにオークの指や舌が這う。

「ああぁっ……あああっ…！」

「どうだ。気持ちいいだろう」

「我慢しても無駄だ。またすぐにいやらしい言葉を言いながら潮を噴くようになる」

ラーシャは責められ続けると理性をなくし、卑猥な言葉を撒《ま》き散らかしてオーク達を喜ばせた。そして粗相したように潮を噴かされて、己の淫乱さを思い知らされる。

月人は妊娠するからといって決して淫蕩《いんとう》の素質を持つわけではない。むしろその逆だ。だからこそラーシャは情けない思いに駆られてしまう。何故《なぜ》こんな望まない行為に乱れてしまうのか。

「ここもだらだら涎《よだれ》を垂らしてきたな。どれ、舐《な》めてやろう」

「やっああ…っ、んあ、あああぁあ…っ！」

先端から愛液を溢《あふ》れさせてそそり立っている股間《こかん》のものを、オークの口の中にすっぽりと含まれる。長い舌を絡められ、じゅるじゅると吸われる強烈な快感はラーシャに嬌声《きょうせい》を上げさせた。腰の奥から脳天まで鋭い快感が貫く。

「あっひいっ…ひい…っ！」

前を吸われながら、後ろも指でかき回されている。我慢できるはずがない。押さえつけられている足の裏や足の指まで、別のオークの舌でぺろぺろと舐《な》められていた。

「くあ、あぁああっ、…っあぁーっ、そ、んな、舐めない、でっ……！」

腰骨がびりびりと痺《しび》れる。そんないやらしい愛撫に晒《さら》されてはひとたまりもなく、ラーシャは絶頂に達した。一際高い声を上げ、全身を仰《の》け反《ぞ》らせる。

「ああぁっ、んあぁぁあぁあっ！〜〜〜〜っ！」

我慢など微塵《みじん》もできない、あたりをはばからない声。ラーシャが達した瞬間に、オーク達から笑い声が漏れる。涙が滲《にじ》んだが、それが悔しさなのか快感からなのかわからない。

ラーシャのものをしゃぶっていたオークは、口の中に出されたものをごくんと飲み込んだ。

「月人の愛液はいやらしい味がするな」

同時に後ろからずるり、と指が抜かれ、ラーシャはその感覚にも呻《うめ》いてしまう。

そして尻《しり》を持ち上げられ、醜悪なオークの男根をそこに押しつけられると、ああ…、と嘆くような声を漏らした。また犯されてしまう。

「あうう、ああああ！」

肉環をこじ開けられ、ずぶずぶとそれが体内に侵入してくる。媚薬で高められた肉壁が、オークのものにごりごりと擦られて凄《すさ》まじい快感をもたらした。全身にゾクゾクと快感の波が走り、嚙みしめた奥歯の間からも嬌声が漏れる。

「毎日挿《い》れているのに、少しも緩くならないな。月人てのはみんなこうなのか？」

「あっ、ああっ！　うぁあんっ！」

じゅぷじゅぷと音を立てながら容赦なく抽送された。一突きごとに耐えられない快感が突き抜け、ラーシャは淫《みだ》らな悲鳴を上げる。時折弱い場所に当たって、その度にひいっ、と喉《のど》を反らした。

「ここか？　ここをカリで引っかけるとたまんねえんだろ？」

「ああっ…！　い、やだ、そこ、あっ、ああっ！　〰〰っ！」

股間のものから白蜜を撒き散らし、ラーシャはまた絶頂に達する。そしてその度に絶望するのだった。自分はこのオーク以下の生きものかもしれない。快楽に負け、いやらしい行為を強いられるままに貪《むさぼ》るだけの。

「こいつほんと簡単にイくな」

「うあ、ぁあっ！　や、動かな…でっ……！」

極めたばかりで鋭敏になっているのに、オークは構わず腰を動かしている。ラーシャはまた追いつめられ、オークが中で射精するまでに二度達した。

「まだへばってるんなよ。今日は一日ヤるからな」

「うう、あぁぁあ……っ」

違うオークの男根が無遠慮に挿入されて、ラーシャは切れ切れの声を上げる。深く突いてくる怒張、身体中を弄《もてあそ》ぶ手。

この地獄は、いったいいつ終わるのだろう。

「あ、あひぃっ…ああ……、許して、ゆるして……っ」

決して聞き届けられることのない哀願の言葉が、ラーシャの口から繰り返し漏れる。けれどその声は確かな喜悦に震えていた。

これでもう何度目だろう。どれだけ時間が経ったのかもわからない。

もはや下肢の感覚がなくなってきていた。それなのに、突き上げる快楽だけは鋭い。思考は朦朧《もうろう》としていて、煮崩れたスープのようにどろどろと煮立っていた。

「は、ひぃ……っ、あ、ああうう…っ、い、いい、いい……っ」

卑猥な言葉が唇から漏れる。何度もオークに中に出され、愛液と混ざり合って、ラーシャの後ろは白濁が泡立って濡れ、ひどい有様になっていた。

「今日こそ孕ませてやるからな――――、そらっ！」

「あ、ああうぅんっ……！　で、出て、るっ……！」

また肉洞をオークの精で穢《けが》される。それでも肉体は激しい快楽を得て、びくんびくんとわなないた。オークが自分の男根を抜くと、ごぽっ、と音がして白濁が溢れる。

「お前は本当にいい肉便器だよ」

ひどい侮蔑《ぶべつ》の言葉を投げつけられても、もうラーシャは何も反応できなかった。

「なるべく長く使えるよう、大事にしてやるからな」

そんなのは嫌だ。早く壊れてしまいたいのに。

ラーシャの内心などお構いなく、また別のオークに組み伏せられる。ヒクヒクと哀れに蠢《うごめ》く窄《すぼ》まりに凶悪なモノが突き立てられようとしている時だった。

「敵襲――――‼」

入り口の方向から警戒を告げる胴間声が聞こえた。それと同時に何かが破壊される音と、悲鳴と怒号。

「何っ……！」

「クソッ！　もう入り込んできやがったのか‼」

オーク達はラーシャから身を離し、武器をとって立ち上がった。その間にも破壊音と何かがひしゃげるような音、あるいは肉を裂くような音が聞こえてくる。それはもの凄《すご》い勢いでこちらに近づいてきた。

次の瞬間、炸裂音《さくれつおん》と共に扉が破壊され、近くにいたオークが弾《はじ》き飛ばされる。

「ぐわあっ！」

「な、何だ――――」

「獅子《しし》だ‼　獣人か‼」

もはや自分では動けなくなっていたラーシャは、力なく閉じていた目をゆっくりと開けた。滲んだ視界に、巨大な黄金の獣が映っている。それは次々に襲いかかってくるオークをものともしなかった。巨体で弾き飛ばしたかと思うと、その鋭い牙《きば》と爪《つめ》で丈夫なはずのオークの皮膚と肉をただの赤い塊に変えていく。逃げ出したものには背後から飛びかかり、一瞬にして命を奪っていった。

――なんて美しいのだろう。

その圧倒的な力は、無残に踏み躙《にじ》られたラーシャにとっては、眩《まぶ》しいほどに輝いて見えた。

獅子はここにいるオークを全部殺してしまったようで、やがてあたりはしん、と静まりかえった。この場で息をしているのは、この獅子と、そしてラーシャだけになる。

振り返った獅子の口元が赤く染まっていた。

俺も食われるのだ。

そう思うと何故か救われた気持ちになる。

醜いオークに犯され殺されるのではなく、こんなに美しい獣の糧になるのなら、今のラーシャとしては上出来だと思った。

獅子はラーシャをじっと見つめた後、おもむろに近づいてくる。ラーシャは力の入らない腕を上げ、伸ばした。獅子は吸い込まれそうな緑の瞳をしている。

「……はやく……」

喰《く》らってくれ。

救いをもたらしてくれた獣にそう訴えると、ラーシャはそこで力尽き、意識を失った。

「われらはこのまま滅びるわけにはいかないのです」

イェンネ族の里は、深い森を越えた拓《ひら》けた場所にある。儀式を行う祭祀場《さいしじょう》は普段は村の集会場としても機能していて、その日は村の若者と、長《おさ》や重鎮が集まっていた。皆深刻な顔をして円座を組んでいる。

イェンネ族の中には月人と呼ばれる者がいて、男でも子を孕める体質を持つ。男性体しかおらず、イェンネ族同士では子が出来ない。

「もう三年も子供が生まれていない。こんなことは今までになかった」

「私たちの体質が変化して、子供が出来にくくなっているのです」

「そんなことを言っても仕方がないでしょう。それなら早く手を打たねば。優秀な遺伝子を獲得するのです」

村の将来のことを皆憂いている。それは自分とて同じことだった。ラーシャは皆の後ろで紛糾する話し合いを黙って眺めていた。

イェンネ族は決して多くはない。川の畔《ほとり》に村を作り、百人足らずでひっそりと暮らしていた。月人は村の外から種をもらい、生まれた子供は皆で育てる。そうやって千年あまり生きてきた。

ところが長い年月の果てに、イェンネ族に変化が起こった。子を孕みにくくなったのだ。今日はそのための話し合いが朝から行われていたが、未《いま》だに建設的な意見は出ていない。

「――――皆の意見はよくわかりました」

長の穏やかな声がその場に響いた。長は高齢だが、その目には未だに深い知性と理性が湛《たた》えられている。村人からの信頼も篤《あつ》い、人間性に秀でた人物だった。ラーシャがぼろぼろになって帰ってきた時も、心を尽くして力になってくれた。だから自分にできることがあればと、他の村人に白い目を向けられるとわかっていてここにいる。

「獣人王ダンテ殿の力を借りたいと思います」

「――――！」

その名前にラーシャは俯《うつむ》いていた顔を上げた。場内はざわざわと沸き立っている。それはどちらかと言えば、歓迎されていない響きだった。

「獣人王といえば、あの乱暴者の、ですか？」

ゴッドフリッドという国の王は、今三十二歳のはずだった。

「皆はそう言いますが、イェンネの長は代々獣人王と親交があります。彼らは繁殖力が非常に強い。私たちの力になってくれるのではないでしょうか」

今までのように外に出て種をもらってくるだけでは状況は打開できない。より強い種が必要だった。

「俺達の誰かが獣人王と子を成すということですか？」

「そうです」

「冗談じゃない！　どんなふうに扱われるか……！」

　イェンネ族は月人と称されるように、典雅な容貌《ようぼう》の者が多い。加えてその希少性から、気位の高い者が多かった。獣人という獣と人間の間にいるような者と番《つが》うのは抵抗のある者も多いのだろう。

「我こそはという者はいませんか」

　誰か獣人王とまぐわい、子供を作ってくる者はいないのか。長は皆にそう呼びかけた。だが挙がる手はない。皆周囲をちらちらと見て、居心地悪そうにしている。だがやがて声が上がった。

「長」

「シスリ。何かありますか」

「はい、ラーシャがいいと思います」

「っ！」

　いきなり名指しされてラーシャは瞠目《どうもく》する。皆の視線がいっせいにこちらに向けられた。

「ラーシャは、乱暴者の相手は得意だと思うので」

「――――」

ラーシャはぐっ、と喉を詰まらせた。二年前、二十一歳の時だった。オークの巣に連れ込まれ、半年もの間陵辱を受け続けた。助け出され、無事に村に戻ってきたはいいが、オークに胎を汚されたとして、以来ラーシャは村の中で冷ややかな扱いを受けている。今のシスリの言葉も、お前はオークの相手をしてきたからきっと平気だろうと言っているのだ。

「ラーシャ」

長の声がラーシャを呼んだ。

「シスリはこう言っていますが、あなたはどうですか」

ラーシャはひどく困惑した。妙な緊張が背中に走る。手の中に汗をかいていることに気づき、衣服をぎゅっと握った。

「……俺の胎でいいのでしょうか」

こんな、何人ものオークの精で汚された胎を、村の重要な局面で使っては。

「あなたは健康で、美しい。獣人王の遺伝子と交われば、きっとよき子が生まれると思いますよ」

「……っ」

ラーシャは俯いた。自分は汚された存在で、本当はこの村にいてはいけないのだ。ならば役に立たなければならない。

「……わかりました」

ラーシャは頷《うなず》く。

「俺に出来る精一杯のことをします」

ほっとしたような空気がその場に流れた。


「本当に、俺なんかでいいのでしょうか」

話し合いが終わり、皆が祭祀場を出て行った後で、ラーシャは長に訴えた。

「気負うことはありませんよ」

長の優しい目がラーシャを見つめる。

「やはり、俺にそんな大任が務まるとは思えません」

ラーシャは急に不安になる。もしもこの役目まで失敗してしまったら、村の皆は今度こそ自分を許さないのではないだろうか。

「俺はあんな目に遭っても孕みませんでした。毎日、毎日、オーク達に犯されても。ということは、子ができない体質なのではないでしょうか」

「それは違いますよ、ラーシャ」

長がやんわりとした口調でたしなめた。

「相性というものがあります。私はあなたが、獣人王ととても合うような気がしてならないのです。実は、あなたが選ばれればいいと思っていました」

「え」

それは、皆が獣人王を忌避し、ラーシャに役目を押しつけるだろうということを見越していたということだろうか。この年老いた月人は、見かけの印象とは違い、意外と狡猾《こうかつ》な部分もあることを知って戸惑う。

「……やはり、その方なのですか」

俺をあの地獄から救い出してくれたのは。

「それはあなたが実際に確かめてみればよいでしょう」

長はやんわりと告げた。

「使命を果たすなどと固いことは考えず、獣人王のもとで大事にされてきなさい。それが一番ですよ」

果たしてこんな自分を大事にしてくれるだろうか。

長がどう言ってくれても、あの時のことはラーシャの中に深く深く根を下ろし、容易には抜けない傷となって埋まっているのだった。


「ではラーシャ、身体に気をつけるのですよ」

「はい、ありがとうございます」

一月後、村から獣人の国へ向けて出立するラーシャの姿があった。かの国、ゴッドフリッドからは護衛として迎えが来ている。

「こちらから頼んだというのに、ずいぶん丁重な心遣いじゃないか」

「また攫われて犯されたんじゃ困るからな」

そんな口さがない言葉も聞こえてきたが、ラーシャはいつも通りに反応しなかった。ある意味その通りだとも思った。自分はこの身を無事にゴッドフリッドまで運び、獣人王ダンテの種を受け、子を成さなくてはならない。村の未来に重要な子だ。

「ではラーシャ殿、参りましょう」

「はい」

　獣人王の国の者はやはり獣人なわけで、ラーシャを迎えに来た兵士は皆頭の上に獣の耳を生やしていた。こちらの兵士は虎《とら》、そちらは熊だろうか。体格もずいぶんと屈強だ。おそらく腕の立つ者が遣わされたのだろう。

「馬には乗れますかな」

「あ、はい」

　そう告げると、目の前に立派な馬が連れて来られた。ラーシャがじっと見ていると、虎耳の兵士が「それは正真正銘の馬ですのでご心配なく」と告げてくれたので、ラーシャは納得してその背に乗り上げる。もしも人の姿にもなれる馬だったのなら、いささか乗りにくい。

　ゴッドフリッドは大陸の西側にあった。国境は峻険《しゅんけん》な岩山だが、そこを抜ければ風光明媚な自然が広がっている。そして王都ディンベルは、様々な種族や人種の行き交う、とても賑《にぎ》やかな街だった。

「とても大きな街ですね」

「ディンベルは大陸の中でも五本の指に入る街です」

　城門から城へと続く通りは広く、活気に満ちていた。これまで村のある地域からほとんど出たことのないラーシャにとっては、見るものすべてが新しい。それでも城門が近づいてくるにつれ、少しずつ緊張が高まってきた。

ゴッドフリッドの城は、堅牢《けんろう》で、あまり飾り気のない佇《たたず》まいだった。いかにも獣人の国らしい。敷地の所々にある植栽が、小さな森を作っているようだった。

「ラーシャ殿にはこちらの部屋で過ごしていただきます」

「はい、ありがとうございます」

ラーシャには城の一画に部屋が与えられた。二部屋続きの清潔な部屋だった。調度は豪華というほどではないが、殺風景にならないように絵や花が飾られてある。窓からは樹木と花が見えた。気持ちのいい部屋だと思った。

「いずれ陛下が参られると思います。それまでお寛《くつろ》ぎください。お召し替えはこちらで用意しました」

身の回りの世話をするという少年がぺこりと頭を下げた。その頭には、犬の耳がついている。

「ありがとう。けれど、陛下のところへは俺から挨拶《あいさつ》に出向いたほうがよろしいのでは？」

「いいえ。陛下からお伺いするとのことです。ラーシャ様は旅の疲れを癒《い》やしてくださいませ」

少年はケイナと名乗り、飲み物と菓子、果物を置いて、深々と頭を下げて出て行った。

「……」

取り残されたラーシャは、予想以上に丁重な扱いに戸惑ってしまう。長の話によれば、種をもらうことを依頼したのはイェンナ族のほうだ。獣人王のほうはそれを了承した形であるから、決して客扱いをされるような間柄ではないと思うのだが。

だが、それも獣人王の厚意なのだろう。聞くところによると、獣人王ダンテは非常に懐の度量の広い王であるらしい。

ラーシャは恐縮しながらもそれを受け取ることにして、用意された着替えに袖《そで》を通した。肌触りもよく、ゆったりとした衣服で、とても着心地がよかった。

出された飲み物を口にしながら長椅子《ながいす》で寛いでいると、少しうとうととしてしまったらしい。

ラーシャは夢を見ていた。二年経っても未だに苛《さいな》んでくる、あの薄暗い洞窟の記憶の夢だった。衣服を与えられず、食事はオークの残飯である味のついていない肉と水のみで、ろくに身体も洗わせてもらえない劣悪な環境。そんな状況で繰り返される獣の行為。だが何よりつらかったのは、そんな目に遭っているのにひどく感じてしまった自分の浅ましさだった。

「……っ、う、う…っ」

「――――おい」

誰かに肩を摑まれる。嫌だ。もう嫌だ。触らないでくれ。挿れないで――――。

「おい！」

「――――っ！」

強く揺すられ、ラーシャははっと目を覚ます。一瞬、自分がどこにいるのかわからなかった。目の前には、今まで見たこともないくらいの美丈夫がいて、ラーシャを覗《のぞ》き込《こ》んでいる。

「大丈夫か？」

その時、ようやっと頭がはっきりして状況を理解した。ここは獣人の国ゴッドフリッド。そしておそらく、目の前にいるのは。

「お前がラーシャか？」

「は…い…」

「うなされていたようだな。俺はダンテだ」

この男が、獣人王ダンテ。

ラーシャはまじまじとその男の顔を見た。彫りの深い、端整な男らしい顔立ち。だがどこか華やかさも感じられる。そして背中までかかる波打つ金髪は、まるで獅子のたてがみのようにも思えた。

（――――あの瞳だ）

洞窟の中、ラーシャは確かにこの瞳を見た。欲望の汚泥を這い回っていた自分の前に現れた破壊の獣の瞳。

助けられたラーシャは村の入り口に横たえられていたという。だからどうやって助けられたのか、意識を失っていたラーシャは知らないのだ。

そうして後から聞いたことは、巨大な獅子の姿になるものは、ゴッドフリッドの獣人王しかいないのだという。長は何かを知っているようだが、自分で確認しろと言って教えてはくれない。

「――そんなに見つめられると面映《おもは》ゆいんだが」

「！」

困ったような笑みを浮かべられて、ラーシャはぱっと身を引いた。確かに、一国の王に向かってこんなにまじまじと見つめるのは無礼かもしれない。

「し、失礼しました」

「いいや、構わないがな。見惚《みと》れるほど男ぶりがよかったか？」

にやりと口の端を引き上げられて、思わず戸惑ってしまった。獣人は獣と人間の二つの姿を持つという。ダンテの頭部にも、ライオンの耳のようなものがついていた。

「その代わりと言ってはなんだが、俺にもお前のことをよく見せろ」

「あ……」

くい、と顎《あご》を捕らえられて上を向かされる。緑の瞳《ひとみ》がじっとラーシャを見据えてきた。鋭い眼差《まなざ》しはまるで丸裸にされてしまうようで、少し居心地が悪い。

「……美しいな」

ダンテは感嘆するように言った。

「黒い髪も、その蒼《あお》い瞳も白い肌も」

するりと手が滑って、頬《ほお》を撫《な》でられる。熱い掌《てのひら》の感触に心臓がどきどきと高鳴った。

「早く褥《しとね》で抱きたいものだ」

熱い感触が離れていく。その瞬間に耳も撫でられて、ラーシャは思わずため息を漏らした。

「ではなラーシャ。また後で」

彼はそれだけを告げると部屋から出て行った。それを呆然《ぼうぜん》と見送っていたラーシャは、扉の閉まる音ではっと我に返る。

あのまま口づけでもされるのかと思った。

そんなことを思う自分の浅ましさにぶるぶると首を振る。

「情けない……」

彼があの時の獅子ならば、お礼を言わなければ。

だが自分はあの時、最も汚れたひどい姿を晒《さら》していたはずだ。それを見られていたのが彼にだと思うと、確かめるのが怖くもある。俺はちっとも美しくなんかない。

（こんなことではいけない）

村のために子を生《な》さなくてはならないのだ。そのためにはダンテをその気にさせて抱いてもらわねばならない。向こうが乗り気ならそれはいいことではないか。

ラーシャは息を深く吸い込み、乱れた鼓動を鎮めようと努めた。

「よく眠れたか？」

「はい…」

翌日の朝食の席に呼ばれたラーシャは、戸惑いながらも席についた。ケイナが恭しく椅子を引いてくれたので、ありがとうと礼を告げる。

昨夜、ダンテは部屋に来なかった。起きて待っていようとしたラーシャだったが、旅の疲れもあってすぐに寝てしまい、今朝ケイナに起こされるまで、今度は夢も見ずに眠っていた。

「それならよかった。疲れが癒えたのなら今日はゆっくりしているといい。ここには温泉もある」

「はい…、あの」

「うん？」

子作りはいつするのだ、とは朝食の席ではさすがに聞けず、ラーシャはいいえ、と首を振る。

（なんだか調子が狂う）

心の中でぼやいたラーシャだったが、目の前に皿を置かれると、自分が空腹なことに気がついた。獣人といえども食事は普通の人間と変わらないように思える。

「人と同じ食べ物を召し上がるんですね」

「基本的にはな。それでもやはり好みはある。俺はやはり、血の滴るような肉が好きだ。草食がベースになっているものは野菜を好んで食べるしな。――お前も肉か？　ケイナ」

「私は、ゼンナが好きです」

ケイナはにっこりと笑って答える。ゼンナは畑で採れる芋《いも》の仲間だ。

「だが獣身になった場合は、その獣の特性になる。俺は生きた獲物の臓物を食うのを好む」

ハムを挟んだパンを頬張りながら、ダンテはにやりと笑う。ラーシャは喉元に食いつかれて息絶えたオークの姿を思い出した。

「ダンテ陛下。ラーシャ様を怖がらせないでください」

「おっと、そうだな。ラーシャ悪かった。気にするな」

「は、はい」

ダンテはケイナにたしなめられても気分を害した様子もなく、ごく自然に返していた。やはり度量が広いのだろう。尊大なところはあるが、それは自分に自信があるからで、権力を笠《かさ》に着るような印象もない。ラーシャはこれまで、こんな男は見たことがなかった。

「ではな、ラーシャ。ゆっくり食事をとるといい」

ダンテは朝食を終えてしまうと席を立ち、足早に部屋を出て行く。ラーシャはその背中を見ながら、もっとここにいて欲しいと思っている自分に気がついた。

(俺はどうしてこんな)

自分は種をもらいに来ただけなのに。

だが、彼があの時の獅子だと思うと、心が動いてしまって仕方がないのだ。

「ラーシャ様?」

ケイナに名を呼ばれて、ラーシャは自分がぼんやりしていたことに気づく。

「どうかしましたか?　卵料理はお嫌いでしたでしょうか」

「ああすまない…。そんなことはない。おいしいよ」

「さようですか。よかったです」

ケイナの丁寧な口調にラーシャはふと違和感を覚えた。

「ケイナ。俺にそこまで敬語を使う必要はないし、様もつけなくていい。俺は陛下の客じゃないから」

「何をおっしゃいますか」

ケイナはひどく驚いたように恐縮した。

「ダンテ様のお妃《きさき》になられる方に、そんな口は利けません」

「――え？」

返ってきた言葉に、ラーシャは呆然と聞き返した。


いったいどういうことなのだろう。

ケイナが言った言葉は、ラーシャに深い疑問と混乱をもたらした。

妃とは本当にラーシャのことなのだろうか。誰か別の花嫁が来る予定で、それをラーシャと間違えているだけでは？

だがそんな間違いが王宮で起こるはずがないとも思っていた。

（俺はただ種を受けに来ただけなのに）

それなのにダンテはまだ何もせず、ラーシャのことを妃などと周りに言っている。

「……本人に聞いてみるしかないか」

ダンテには聞きたいことがいくつかあった。

あの時ラーシャを助けてくれた獅子はあなたであるのか。そしてラーシャのことをどうして妃などと言っているのか。

「ケイナ、ダンテ様と話すことはできるだろうか」

「公務の合間にならできると思いますよ。ラーシャ様だったら時間をつくってくれると思います」

使い立てして申し訳ないが、ケイナを通じて繋ぎをとってもらうことにした。

「お会いになるそうです。本日午後三時に、東の棟のバルコニーで」

ケイナに場所を教えてもらって、ラーシャは指定された場所に行った。バルコニーは広く、樹木の枝が心地よい日陰を作っている。ラーシャはその下にある布をかけられた長椅子に腰掛けた。ダンテと話したいと言ったのは自分なのに、なんだか緊張する。

後ろから心地よい風が吹きつけてきて、ラーシャは長い黒髪を押さえた。木々の緑は目にも鮮やかで、風が青々とした香りを運んでくる。

（ここはいいところだな）

イェンネの村も風光明媚ではあるが、ここはもっと拓けた感じがして、生命力に溢れている。

その時ふいにあの薄暗い洞窟が脳裏に差し込んできて、呼吸が止まるような感じがした。ゆっくりと息を吐き出し、清浄な空気を吸い込む。

いつまであの記憶に怯《おび》えなければならないのだろう。

もう自分は自由だ。足を繋ぐ枷も鎖もない。無理やりに組み伏せてくる腕もない。

それなのに、自分の心はまだあそこに縛られ続けているというのか。いったいいつまで。

「……っ」

ラーシャは俯き、肩を震わせる。

こんなことでは、ダンテの子を孕むことなどできない。もっとしっかりしなくては。もっと。

それでも一度捕らわれてしまった記憶は、ラーシャをどんどん暗い泥の中へと引きずり込んでいく。そして目の前の景色すら見えなくなりそうになった時。

「――!?」

背後から力強い腕がふわりと抱きしめてきた。

「――どうした。何を俯いている」

「あ…」

「ラーシャ」

その低く深い声。穏やかにラーシャを呼ぶ。鼓膜を優しく撫で上げ、強張《こわば》った身体からゆっくりと力が抜けていった。

「お前が呼びだしてくれるとは、意外だな」

「……っすみません、お呼びだてしてしまいまして」

「何、構わんさ」

ダンテは腕を解くと、ラーシャの隣に座る。

「俺もお前とちゃんと話してみたかったからな」

ダンテはそう言うと、ラーシャに向き直って言った。

「元気だったか？」

「……」

やはり彼だ。ラーシャはその時確信した。

「……ずっとお礼を、と思っていました。あの時助けて下さらなかったら、俺は間違いなくあの洞窟で死んでいたでしょう」

「礼など必要ない」

だがダンテは首を振る。

「あの時、お前が月人だというのはすぐにわかった。村の場所もな。入り口にお前を置いて去って行くような真似《まね》をしてすまなかったと思っている。俺の正体がバレると面倒なことになるんでな」

「そんな」

リスクまであったのに、それを押して助けてくれたのか。

「そんなことは気にする必要はありません。あの地獄から助け出して下さっただけで」

「だが、お前はまだ苦しんでいるように見える」

「……」

ラーシャはふと言葉を失った。彼と再会したのは、昨日が初めてだ。それなのにそんなことまでわかるというのか。

「まだ、深く傷ついている」

「……それは、仕方がありません。あそこでは人間扱いすらされなかった。俺はただの壊れるまで遊べる玩具《がんぐ》だったんです。そして多分、まだ人間に戻れていない。でもそうしているのは俺自身――――。すべて俺が情けないせいです」

ラーシャは立ち上がり、ダンテに向かって深く頭を下げた。

「村からの請願を受けて下さりありがとうございました。それなのに、来たのが俺ですみません。こんな、オークの玩具だった俺になんか、触れたくないでしょう」

「……その言いようは気にいらないいな」

ダンテの口調に微《かす》かに苛立《いらだ》ちが混ざっている。ラーシャは首を竦《すく》めた。

「イェンネの長から請願があった時、お前を指名したのは俺だ」

「え」

そんなことは初めて聞いた。長は何も言っていなかった。では、希望者を募っていたのも、誰も手を上げないと見越してのことだったのか。

「ずっとお前のことが気になっていたよ。だから、種をつけるのならお前がいいと思った」

「そ……」

そんな。

ダンテの言葉は、ラーシャにはにわかには信じられないことだった。あんなにひどい状態の姿を見せてしまって、きっと厭《いと》われていると思っていたのに。

「ケイナが……妃と言っていたのも……」

「お前がここにいる間は、俺の妻として扱う」

脳の許容量を越えた言葉に、ラーシャは答えられなかった。そんなラーシャを見て、ダンテはふっ、と笑いを漏らす。

「明日の夜、お前の部屋に行く」

そうして一度だけ髪を撫でていき、彼はその場から去っていった。ラーシャは動けず、しばしそのまま立ち尽くしている。

（どういうことなんだ、これは）

混乱を解消しようと彼と話をしたというのに、よけいにひどくなってしまったような気がする。こんな状態で明日の夜までどう過ごせというのだろう。

いや、明日の夜、彼に抱かれるということか？

「……どうしよう」

ラーシャはへなへなとその場にしゃがみ込んだ。

これでは役目を果たせる気がしない。また本能のままに振る舞って、みっともない姿を見せてしまう。

「見られたくない」

彼にはあんなひどい姿は見せたくない。もう二度と。

吹きつける新緑の風の中、舞い上がったラーシャの黒髪は、その心の中を表すように乱れた。

いい加減腹をくくるべきだろう。

ここに来て三日目の夜、その日はケイナが湯浴《ゆあ》みの後に着るようにと、それまでとは違う夜着を用意してくれていた。手触りがつるつるとしていて、生地が薄く、所々に綺麗《きれい》な刺繍《ししゅう》が入っている。髪も丁寧に梳《くしけず》られ、いかにもこれから抱かれるという準備が施される。

「では、こちらを」

最後にケイナは小さな瓶を置いていった。香油の瓶だ。それを見た時ラーシャは僅《わず》かに身体を強張らせてしまう。

「……どうかなさいましたか？」

「いや」

オーク達に媚薬入りの香油を使われていた。そんなことが言えるはずもなく、ラーシャは視線を逸《そ》らす。ケイナはそれを緊張のためと受け取ったようだった。

「何も心配なさることはありません。ダンテ様は優しくしてくださいます」

「……そうだな」

そうだ。あの時とは違う。早く、彼の子を身籠《みご》もらなければ。

ケイナが退出すると、ラーシャは所在なげに寝台に座った。自分はあの時から誰とも行為をしていない。月人は外から種を得るために定期的に村の外で誰かに抱かれ、子を作らなくてはならない。だがラーシャは受けた心の傷から、長にそれをずっと免除されていた。そのことを忌々しく思っている者もいる。誰しも、好いた相手と添えるとは限らないのだ。

（俺は甘え過ぎている）

役目を果たし、村の役に立たなくてはならないのに。

「っ」

その時扉が開いた。夜着姿のダンテが入ってきて、ラーシャの鼓動が急速に速くなる。顔が熱くなっていくのがわかった。

「待たせたな」

「いえ……」

彼の夜着姿を見ると、これから行為を行うのだと弥《いや》が上にも想像させられる。初でもないのに、ラーシャは気恥ずかしさに襲われた。彼が寝台に座り、ラーシャを抱き寄せると、口から心臓が飛び出しそうなくらいどきどきする。それと同時に腹の奥がずくりと疼いて、本能がこの男の子種を欲しがっているのを思い知らされる。

「……どうした？　緊張しているのか？」

「申し訳ありません」

「何を謝っている」

「こんなことを、させてしまって……」

自分が肉体を昂《たか》ぶらせていることも情けなく、申し訳なく思ってしまって、ラーシャは思わずダンテを押し戻した。

手に触れる筋肉の力強さと熱さ。こんな完璧《かんぺき》な雄に抱かれるには今の自分はふさわしくないように思えた。

だがそんなラーシャの言葉に、ダンテはふっ、と笑いを漏らした。一度離れかけたラーシャの身体をもっと深く抱きすくめる。

「っ！」

「俺のほうこそ、お前を孕ませていいのか？」

「何故そのようなことを聞くのです」

「悲壮な顔をしている。俺を受け入れさせるのには可哀想だ」

真剣な表情をしているダンテを見て、彼は優しい男なのだと思った。勇猛であり力に満ちあふれた獣人の王。自分は彼に命を救われた。その上種まで授けてもらうなど。

「……そんな気遣いは不要です」

ラーシャは夜着の帯を自ら解き、両脚を開いてダンテの逞《たくま》しい身体を受け入れた。そして彼の目の前で、双丘の奥を指で押し開き、目を伏せながらその部分を指で解す。

「ここに、挿れて注いでいただければ……」

その程度の扱いで構わない。彼が自分で興奮するかどうかはわからないが、その場合は口での奉仕も厭わなかった。

だがラーシャの指先が肉環の中へ潜り込もうとした時、その手首を摑まれてしまった。

「駄目だ。俺にまかせろ」

「あっ」

首の後ろを摑まれ、そのまま口づけられる。寝台に押し倒されて深く口を合わせられ、驚いて開いた口の中に舌が滑り込んできた。

「ふ、んんっ……！」

肉厚の熱い舌で口中を舐め上げられる。その感覚にラーシャの背中がぞくぞくと震えた。舌全体をちゅうっと吸い上げられると頭の芯《しん》がじぃん、と痺《しび》れる。

「んぁ…は……ふぅう……っ」

身体の力が抜ける。舌を吸われる度に腰の奥に快感が響いて、目が潤んできた。くちょくちょと卑猥な音が頭蓋《ずがい》に響く。

「は……ぁ…っ」

ようやっと口づけから解放されると、今度は首筋を吸われる。その間もダンテの手が身体中をまさぐっていて、ラーシャの肢体はぴくぴくと震えた。

「楽にしていろ……。朝まで悦《よろこ》ばせてやる」

「は、あ、や……っ」

今でさえこんなになっているのに、朝まで抱かれたらどうなってしまうのだろう。きっとひどい痴態を晒してしまう。

「だ、め…っ、あぁっ」

ふいに胸の先に鋭い快感が走って、ラーシャは声を上げた。ダンテの指先で両の乳首を摘まれて、くりくりと刺激される。

「ん、ふううっ、んあっ」

久しぶりに味わう快楽に、身体が慣れなくて大仰に反応してしまう。ダンテにほんの少し触れられるだけでもう駄目だった。乳首の中に快楽の芯のようなものがあって、そこを優しく潰《つぶ》すようにされるとじゅわあっ、と気持ちいいものが広がっていく。

「っ、あっあっ！」

「敏感だな」

はしたないと言われたような気がして、全身がカアッ、と羞恥に包まれる。

「ご、ごめん、なさ…っ」

「謝るな。むしろ好ましい」

「あ、ひゃ、あぁ……っ」

ふいに乳首を口に含まれ、吸われて、びりびりと痺れるように感覚が走った。つま先まで甘い感覚に犯され、どうしたらいいのかわからなくなる。

（この、感じ）

そこはオーク達に面白がってよってたかって虐められ、すっかり鋭敏な場所になっていた。これまでまったく刺激を与えてこなかったので忘れたつもりでいたが、快楽はラーシャの中に潜んでいて、少し触れられると簡単に顔を出してくる。

「は、あ、だ、め、そんなに、したら……っ」

何度も舌先で突起を転がされて、ぞくぞくするのが止まらない。脚の間のものはすっかり勃《た》ち上がって、先端を愛液で潤ませていた。ふいにそこを撫で上げられて、身体中がびくん、と跳ねる。

「んぁあっ」

けれどそれはすぐに離れてお預けされてしまった。そして乳暈《にゅううん》を焦《じ》らすように舌先で辿《たど》られ、もどかしさに喉を反らすと、ふいに吸いつかれてじゅうっと吸われる。

「ふあ、ぁああ…っ」

ダンテの愛撫は巧みだった。ただ快楽で責め立てようとするオーク達とはまた違う、肉体の芯からとろとろと蕩《とろ》けていくような甘さがあった。丁寧に快感を与えられ、頭がふわふわとしてくる。

「ああ……もぉ……そこお…っ」

「気持ちがいいか？」

舌先で何度も弾かれる毎に腰が揺れた。覚えのある感覚が湧き上がってくる。張りつめた下腹が不規則に痙攣《けいれん》した。

（乳首でイく）

そんなはしたないところを、彼に見せたくはなかった。だが抗おうにも身体にちっとも力が入らない。ラーシャの胸の突起は赤く膨らみ、固く尖りきっていた。そこを乳暈ごとしゃぶられ、舌先でくすぐられて、ラーシャはもう耐えられない。

「んん、あうう、ん、んう――〜〜…っ」

がくん、がくん、と腰が揺れた。身体の奥で快感が弾けて、ラーシャは乳首への責めで達してしまう。

「は、ア、あ…ん…ん…っ」

「……乳首だけでイったか」

そう言われて、恥ずかしくて情けなくて、ラーシャは腕で顔を隠してしまう。けれどダンテはその腕を掴んでよけさせた。

「褒めているんだ。お前は可愛い」

「ああ……っ」

抱き込まれ、耳元に声を注がれ、頭の中がぼうっとなる。腹の奥はすでに疼いていて、ダンテの男根を欲しがっていた。時折身体に触れる彼のものは熱く、大きくて、すでに昂ぶっているのがわかる。自分で興奮してくれているということが嬉《うれ》しかった。

「も、もう……挿れてください、大丈夫ですから……」

「うん？」

ラーシャの言葉に、ダンテは何を言うのかと首を傾《かし》げる。

「まだ挿れない。お前をもっともっと悦ばせてからだ」

「あっ」

背後から抱き込まれ、片脚を大きく引き上げられ、脚の間の肉茎をその大きな手で握られた。根元から先端までを扱《しご》かれて、強い刺激が走る。

「うああっ」

先端からあふれる愛液で濡れていた屹立《きつりつ》は、ダンテに擦られてじゅぷじゅぷといういやらしい音を立てる。腰骨がびりびりと痺れるような快感にラーシャの思考が真っ白になった。

「あっ、あっ、……くあああ…っ！」

「濡れやすいんだな。もうぐっしょりだぞ」

「ああっ、だって…それは、あ…っ」

つい卑猥なことを口走りそうになって、ラーシャは唇を噛んでぎりぎり耐える。だがダンテはそれを許そうとはしなかった。

「だって、なんだ？」

空いている手の指で、さっきイったばかりの乳首を転がされる。我慢の糸が灼《や》き切れそうだった。

「気持ちがいいなら口に出して言うんだ。いやらしいお前は可愛い」

「あ…っ」

耳の中に舌先が差し込まれる。くちゅくちゅという音が直接頭蓋に響いて、快感の波が背中を舐め上げた。

「あ、あ…っ、気持ち、いいです……っ、だから、濡れてしま…っ」

「いい子だ」

「ん、んうっ、ふあ、あ、ああっそこっ…！」

ご褒美だ、とばかりに裏筋を強く擦られ、きついほどの快感に思わず仰け反る。イってしまいそうなほどの刺激なのに、ダンテはすんでのところで愛撫をやめてしまい、ラーシャは彼の腕の中で身悶えた。

「今度は少し我慢していろ」

「あっ、あっ……！　そん、なっ……！」

先端を指先でつうっと撫で上げられ、ひい、と声が漏れる。身体のどこもかしこも敏感になって、ほんの少しの刺激にも耐えられなかった。そして肉茎をまた緩く扱かれてはイきそうになり、寸前で止められる。それを何度か繰り返された。

「あ、ひ、ああ……う、くううう……っ、い、イく……っ、ああ、イき、たいぃ……っ」

快感ともどかしさが混ざって、体内を暴れ回る。熱の出口を与えられずになおも高められて、おかしくなりそうだった。

「ここがピクピクしていて、ずぶ濡れになって、今出したら死ぬほど気持ちがいいだろうな？」

「あ、ア、はう、う…っ」

ダンテがそんなふうに煽《あお》るので、意識が沸騰しそうになる。

「だがまだ少し我慢していろ。ここを可愛がってやらなければ」

ダンテの指が双丘を割り、奥の窄まりに差し込まれていった。そこももう濡れていて、熱い媚肉が長い指を包んで締め上げる。

「う、ん、んんん――〜〜…っ」

ぞくぞくぞくっ、と全身がざわめく。後ろに埋められた指は、中をゆっくりゆっくり探っていく。

「月人は子宮も、男の泣きどころも両方持っているんだったな」

「ア…っ、あ、ひ！」

肉洞の途中にある場所を柔らかくこりこりと虐められ、ラーシャは口の端から唾液を零《こぼ》しながらよがった。股間の肉茎の根元はやんわりと縛《いまし》められて吐精を許されない。ダンテの指は中の泣きどころをゆるゆると撫で回していたかと思うと、時折じわあ…っと深く壁に沈めてくる。

その度に、腹の中が熔けてしまいそうになった。

「あっ、あ…っ、く、ふうう…うっ、うっ、ああ…んんっ」

「そんなに締めつけるな。可愛がってやれない」

「ああ…っ、もう、もうっ、我慢できませ……っ」

イかされぬまま延々ととろ火で炙《あぶ》られるような快感を与えられ、ラーシャは泣きながら腰を揺すった。後ろからも耳を覆いたくなるような卑猥な音が響いている。

（イきたい、イきたい……っ、ああ、でも、もっと……）

この甘い快楽の拷問とも言える責めに、ラーシャは確かに悦んでいた。オーク達によって植え付けられたのか、それとも元からあったものなのかはわからない。けれど被虐の質は、確かにラーシャの中にあった。

「もっと欲しがる姿を見せろ、ラーシャ……」

「っ、あっ、ア――……っ」

ダンテの指が内部でくにくにと動く。それに耐えられず、ラーシャは仰け反って咽び泣いた。

「い、いい…っ、きもち…いっ、ああっイくっ…！　お願い、犯して……っ、奥までぶち込んで、イかせてくださ…っ！」

背後のダンテから喉を鳴らすような呻《うめ》きが聞こえた。後ろからずるりと指が抜かれる。視界がぐるりと回ったかと思うと、両脚を掴まれ、高く持ち上げられた。収縮する肉環に凶悪な形状の男根の先端が押し当てられる。

(挿れられる)

そう思った瞬間、肉環をこじ開けて這入《はい》ってくるものがあった。入り口から奥までを容赦なく貫かれ、ラーシャはその衝撃に耐えられない。

「んあぁああ――――～っ、～～っ！」

凄まじい快感の楔《くさび》に突き上げられ、待ち望んでいた絶頂がラーシャを襲った。そり返った肉茎の先端からびゅくびゅくと白蜜が噴き上がり、自らの下腹部から胸までを濡らす。目の前がちかちかと明滅した。

「……もう少しこのまま可愛がりたかったがな。俺のほうが保《も》たなかった」

苦笑するように呟《つぶや》くダンテの言葉も、今のラーシャには聞こえない。焦らしに焦らされた極みは深く長く続き、ラーシャに理性を取り戻すことを拒否させている。そしてダンテは、それを待つことをしなかった。

「お前の中は熱くて、今にも溺《おぼ》れそうだ――」

ずるるっ、と腰を引き、また深く沈めた。ゆっくりとではあるが容赦のない抽送が、未だ達しているラーシャをめちゃくちゃにする。

「ふあっ！　あっ、あっ、あううんっ！　や、イってる、いま、イって……っ！」

絶頂直後の鋭敏になっている肉洞を擦られ、ラーシャは泣き喘《あえ》いだ。ダンテのものは長大で、ラーシャの肉洞をいっぱいにしている。張り出した部分で媚肉が抉《えぐ》られる毎に、頭の中が真っ白になってしまう。

「ふ……っ、お前の中はあつらえたように俺にぴったりだ…っ」

ラーシャの中はダンテの男根に情熱的に絡みつき、締め上げ、吸いつくように奥へと誘っていく。ラーシャ自身は知る由もないが、この具合のよさが半年もの間オーク達に飽きられずに玩具にされていた理由だった。そしてそれはラーシャ自身にも、我を忘れるほどの快楽をもたらしてしまう。

「あっあっ、ひぃ……、あぁぁあ……っ」

ダンテの重い突き上げを味わう度、下腹が痙攣して震える。身体が望むままに強く締めつけると、彼の形がはっきりとわかった。逞しい雄の獣の凶器。

「お前は、どうだ…？　俺のものは」

「はあっ、あっ、す、ごい…っ、強く、て、気持ちいい……っ、ああ……っ」

「それは何よりだ」

奥のほうを小刻みに突かれる。たまらない快感にまた達して、肉茎の先端の孔から白蜜が弾けた。

「――――〜〜〜っ！」

声にならない嬌声が反った喉から漏れる。彼のものがどくどくと脈打っているのがわかった。もうすぐ出してもらえる。その予感に全身が打ち震えた。

「出すぞ、ラーシャ…、しっかり受け止めろ…っ」

「っ、あっ、あ、だし、てっ…！」

次の瞬間にラーシャは強く抱きすくめられる。それと同時に、腹の奥で熱いものが放たれる感覚がする。肉洞の中にたっぷりと注がれたそれが、胎の中を満たしていった。

「ああああ、――――…っ！」

途方もない快楽に意識が飛びそうになる。目の前の逞しい身体にしがみつき、その精を一滴も逃すまいと内壁が蠕動《ぜんどう》した。

「ふ……っ」

「ん…っ、あっ、あっ！」

吐精した後、その精を奥に塗り込めるように腰が動かされる。その感覚にまた達してしまい、身体中がびくびくとわななないた。繋ぎ目から、ぐぽ、ぐぽと卑猥な音が響く。

「素晴らしいな、お前のここは…。虜《とりこ》になりそうだ」

「はあっ、ああっ、ま、また、感じ…て…っ」

触れ合っている肌が熱くて、そこから蕩けそうになる。ダンテが吐精してもなおラーシャを離そうとする気配がないことに戸惑った。

「まさかこれで終わりだなどとは思っていないだろうな」

「あっ！」

ダンテは息を荒げつつも体位を変えてくる。片脚を持ち上げられ、下半身が交差するような格好で再び内奥を突かれ、ラーシャは背を仰け反らせた。

「くううんんっ……！　は、ああっ」

「こうすると、もっと深く入るだろう」

根元近くまで挿入されて、最奥をとん、とん、とノックするように叩《たた》かれる。その度に、びくん、びくん、と大きく身体が跳ねた。

「あ、ひ──、あ、ア！　そこだめっ！　だめぇぇぇ…っ」

下腹から煮えるような快感が生まれて、全身に広がっていく。ラーシャは身体の下の敷布を鷲掴《わしづか》むようにして泣いた。だがラーシャ自身の腰もまた、その快楽を貪るように揺れている。恥ずかしいのに、はしたないと思うのに、止められなかった。

「可愛い奴め」

「んくうぅ…っ、ん…っ」

顎を捕らえられ、口を吸われて、ラーシャは甘く呻く。舌をきつくしゃぶられ、体内のダンテ自身を強く締めた。めちゃくちゃにされている。けれどそれが途方もなく心地よい。

「二日と置かず抱いてやろう。手管を尽くして、お前を悦ばせてやる」

ダンテの手がラーシャの肉茎を握り、濡れたそれに巧みな指戯でいやらしく刺激を加える。

腰骨がぶるぶると震えた。

「…っあ、あううう…んっ、は、あ、あっんっ」

「気持ちよければいいと言え」

「あっ、き…もちいい…っ、う、あ、腰がっ…痺れそう、で……っ」

もはや素直になるしかないラーシャが淫らな言葉を口走ると、ダンテは褒美だ、といって指の腹で先端をくるくると撫で回した。

「あっあっ、それっ、それすきっ、んん、あっ！」

「そうらしいな。どんどん濡れてくるぞ」

後ろをゆっくりと抜き差しされながら肉茎を同時に虐められ、頭の中が蕩けそうなほどの快感を味わわされる。先端の愛液を溢れさせる小さな孔をくすぐられると、声も出せずに仰け反った。

「――〜〜っ！　く、ふ…んんっ……！」

ラーシャの下腹が痙攣する。快楽に耐えきれずに達してしまったのだ。だが先端からはとろとろと愛液が零れるだけだった。

「また極めたか。よしよし。朝までたっぷり可愛がってやろう」

「あふうう…っ、あ、そん、な…っ」

止まらない愛撫と抽送の中で、ラーシャは濃密な快楽の海の中にどっぷりと沈み込んでいくのを自覚するのだった。

次に目を覚ました時、窓にかけられた厚い布越しに昼間の気配が伝わってきた。

寝過ごしたかと慌てて起き上がろうとした時、身体の節々の鈍い痛みと気怠《けだる》さが襲ってくる。

「っ……」

ラーシャは小さく呻いて再び寝台に沈み込んだ。昨夜のことがはっきりと思い起こされ、居たたまれなくなる。

昨夜、初めてダンテに抱かれた。一度目二度目と挑まれた後、息が整う間もなくまた挑まれ、快楽に前後不覚になったことだけは覚えている。きっと最終的にはダンテの前にひどい痴態を晒してしまったのだろう。それを思うと居たたまれなかった。

「――――」

自分の下腹に手を当てる。月人は、交合した際に身籠もった瞬間が自分でわかるという。ラーシャはこれまで孕んだことがないので、その感覚がどんなものかはわからない。おそらく昨日の行為では身籠もってはいないだろう。

「ふう……」

ため息をつき、やや重い身体を寝台の上に起こす。身体を洗いたかったが、湯の用意は出来ているだろうか。卓の上の小さな呼び鈴を鳴らそうとした時、ふいに部屋の扉が開いた。

「――なんだ、起きていたか」

「っ！」

昨夜ラーシャを抱いた男が入ってきて、思わず息を呑《の》む。彼はラーシャの元に真っ直ぐ歩いてくると、寝台に腰を降ろした。

「身体はどうだ。どこか痛まないか」

「……お気遣いなく。大丈夫です」

「そうか。少し無理をさせすぎてしまったようだからな。気になっていた」

彼はラーシャの乱れていた黒髪をかき上げて撫でつけた。その仕草がとても優しいものに感じて、少し泣きたくなる。だがラーシャはそれを誤魔化すために、わざと露悪的な口を利いた。

「オークに捕まっていた時は、それはひどい扱いをされてきました――。だから昨夜程度のことは、なんでもないです」

言ってしまってからはっとなる。こんなことを言われてもダンテにはどうしようもない。当てつけのような言葉を投げつけても、彼は困惑するだけだ。

「申し訳ありません」

すぐに謝罪したものの、ダンテの表情を見るのが怖かった。翻弄《ほんろう》はされたものの、彼が昨夜優しく扱ってくれたことはわかる。乱暴なことはひとつもされなかった。それなのに、自分はなんて誠意のないことを言ってしまったのだろう。

「……そうか」

だが次の瞬間、ラーシャはダンテの腕でぎゅうっ、と抱きしめられた。

「それなら結構だ。またお前を念入りに可愛がってやれる」

「っ……」

「昨夜は素晴らしかった。俺も久しぶりに興奮した」

褒められて、ラーシャは耐えられずにダンテの胸を押し戻す。頭がくらくらしそうだった。昨夜からずっと、この男の熱にやられている。

「……っ湯を、使いたいので……っ」

「ん？　ああそうか。身体を洗いたいのだな。どれ、俺が洗ってやろう」

ダンテはそう言うと、ラーシャの身体を軽々と抱き上げた。急な浮遊感に驚くと、彼はそのままラーシャを湯殿へと連れていく。

「一人でできます！」

「無理するな。脚に力が入らないだろう」

布をくぐり、木を紐《ひも》で繋ぎ合わせた衝立《ついたて》を抜けると、そこは岩で出来た露天風呂だった。外部からの視線を遮るように、樹木や岩で隠されている。ここはダンテの私室からも通路で繋がっているのだと聞いた。地熱で湯が沸いているらしい。

「俺も入るとするか」

ラーシャを岩の上に降ろし、ダンテは自分も衣服を脱ぎ始めた。昨夜も目にした逞しい雄の肉体。この身体に圧倒されたことを弥が上にも思い出してしまう。

ダンテは木の桶《おけ》を手にすると、それで湯を掬《すく》い、ラーシャの身体に丁寧にかけ始めた。

「そこまでしていただくわけには……っ」

「気にするな。俺の責任だからな」

獣人王に身体を洗わせているという罪悪感はあるが、実際に温かい湯は心地よかったし、身体が清められるとさっぱりする。だが仕上げとばかりに膝の上に抱き上げられて、ラーシャは瞠目した。尻を摑まれ、双丘の奥を探られて、びくん、と上体が跳ねる。

「な、あっ！」

「じっとしていろ。昨夜あらかたかき出したが、まだ中に残っているはずだ」

したたかに中に注がれたダンテの精。それがラーシャの体内にまだある。

「力を抜いていろ」

「うっ、くっ…」

肉環をこじ開けられ、指が這入ってきた。内壁を探るように動かされると、ツン、とした刺激が込み上げる。肉洞の中は確かに濡れているのか、ダンテの指の動きに合わせてくちゅくちゅと音が漏れた。自分で耳にするその響きに恥ずかしくて死にそうになる。

「ん、く、う、そん、なに、動かさな…でっ」

「動かさないと出ないだろう。そら、もう一本入れて広げるぞ」

「んんっ！　くう、ああ…っ」

更に指が入ってきた。ラーシャはダンテの両肩を震える手で摑んでいたが、襲い来る刺激に思わず喉を反らせる。中で二本の指が広げられた。

「あう、うっ…！」

「ああ、出てきたぞ。もう少しがんばれ」

二本の指の隙間から白い残滓《ざんし》が零れてくる。だがラーシャはそれどころではなかった。ダンテの指を咥《くわ》え込《こ》んだ場所がずくずくと疼き、自分から腰を動かしてしまいそうになる。

「あ、あ…ん、はっ、あっ、あっ…！」

そしてラーシャはそれを我慢できるほど慎ましい肉体をしていない。ダンテの首元に両腕で縋《すが》りつき、腰をいやらしくくねらせてしまう。だが彼のほうも、明らかに意図的に指を動かしていた。弱い場所を指で押し潰されると、腰が砕けそうになってしまう。

「あ、ふ…あ、あっ、あっ…！」

「かき出しているだけなのに、気持ちよくなったのか。可愛いな」

「やっ、ち、ちが…っ、ゆび、やらしい……っ」

感じてしまってむずがるラーシャに、彼は口づけながら指で犯した。刺激に勃ち上がった肉茎まで握られて扱かれ、もう完全な愛戯と化す。

「んあぁ、あ、あっ、いっ、イっ…くうぅ…っ！」

後ろを締めつけながらダンテの手の中に白蜜を弾けさせ、ラーシャは身悶えしながら絶頂を極める。

「は……っ、はあぁ…っ」

くったりと力を失い、ダンテに身体を預けると、後ろから指がずる、と抜かれた。

「んんっ……」

「よし、ちゃんと全部出せたな」

えらいぞ、と褒められて髪を撫でられて、もはやなし崩しになってしまう。その後は湯に入れられて手脚を伸ばし、温まったところで出され、また抱き上げられて寝台に降ろされた。

「今日は一日寝ていろ。あとで食事を運ばせる」

「そんなわけには」

「構わん。お前は何も気を遣わなくていい」

種をくれと要請したのはこちらのほうなのに、ダンテはラーシャをひどく大事に扱う。こういうのは慣れていなくて逆に戸惑ってしまうのだ。だが久しぶりの交合で肉体を酷使したのは事実であり、身体の芯にまだ気怠さは残っていた。風呂上がりということもあって眠気の波がまたひたひたと押し寄せてくる。その誘惑に抗うことができず、ラーシャの瞼《まぶた》がゆっくりと閉じられた。

「ゆっくり休め」

目元に触れる温かい感触。ラーシャはまるで子供のように丸くなり、贅沢《ぜいたく》な午睡へと身を沈めるのだった。

それからダンテは、宣言通りに本当に二日と置かずラーシャの元を訪れ、夜ごと丁寧に抱き潰していった。王宮の後宮でひっそりと囲われている月人は、王の子を孕むためにいる。そんな噂《うわさ》が広まっているということを、ラーシャは下働きの立ち話で聞いた。

「え、お妃様ということ？」

「そうじゃないらしいけど、陛下はそれと同じように扱うということらしいよ」

「えーなんだそれ。けどさ、俺その人見たことあるよ。黒い髪が綺麗な人だった。ううん、綺麗なのは髪だけじゃなくて、姿形もすごく見目麗しいんだ」

「うん、確かに。でもさ、知ってるか？　その人って、一時期オークの巣に捕まってたことがあるらしいよ」

「え？　それって、そういうこと？」

「そういうこと」

「ほんとに？」

噂話に夢中になった少年達が、顔を突き合わせた時だった。

「無駄話はしない！」

ケイナの一喝する声が廊下に響く。

「すみません、ケイナ様！」

叱責《しっせき》を受け、箒《ほうき》を手にした兎耳の少年達が慌てて駆けていく。

「まったく」

呆《あき》れたようにため息をつくケイナの後ろで、ラーシャは困ったように笑っていた。この頃にはもう部屋から出て歩くようになり、今も書庫から退屈しのぎの本を抱えて戻ってきたところだった。

「あっ、ラーシャ様……」

ケイナは今の話をラーシャが聞いてしまったことを悟り、申し訳なさそうな顔をする。

「お許しください。あの者達はまだ年若い故、あのような口さがないことを……」

「構わない」

言われていることは概《おおむ》ね本当のことだからだ。火のない所に煙は立たない。

「ダンテ様の種を頂きに来たことも、オーク達に捕まっていたことも事実だ」

「だからといって、好奇の目で見られていいわけがありません」

「俺は月人と呼ばれるイェンナ族だ。俺達はそういう目で見られることに慣れている」

部屋に入ると、ケイナも追ってきた。まだ言いたいことがあるらしい。

「ラーシャ様は、陛下の大事なお方です」

「それはどうだろう」

「まだそんなことをおっしゃってるんですか」

ケイナは長椅子に座るラーシャの近くまで寄ってきた。

「そうでなかったら、こんなにお渡りになったりしません」

ラーシャがここに来てから、そろそろ三ヶ月近くが経とうとしている。あれから数え切れないほどに抱かれてはいるが、未だに自分が身籠もったという感覚はなかった。

「俺がなかなか孕まないから、ダンテ様には手間をかけさせている」

近年の月人が孕みにくくなっているというのは事実のようだ。ダンテのような雄の精を何度も注がれているのに未だに身籠もらない。おそらく、いったいいつまでここにいるのだと思っている者もいるはずだ。

「手間なんて思っているはずないと思うんですけどねえ……」

ケイナがため息をついた時だった。

「ラーシャ様。ダンテ様がお呼びです。西の水路回廊まで来るようにと」

侍従の一人が部屋を訪ね、ラーシャにそう告げた。慣れていないのか、どこかおどおどした様子が目にとまる。

「ダンテ様が?」

「は、はい……、お待ちです。では」

そう言って少年は早々に退室した。

彼がラーシャを呼び出すなどめずらしいことだった。ダンテはいつもラーシャの元に自分から来る。何だろうと思って急ぎその場所へ向かうと、そこにはダンテはいなかった。代わりに数名の男達がいた。皆獣人なのか、頭部に獣の耳がついている。

「おお、いらしたか」

その中の一人がラーシャに声をかけた。

「私は官僚のハザナ。ラーシャ殿にはお会いしたく思っていました」

「……ダンテ様がいらっしゃる、と聞いて来たのですが」

「これは失礼。突然我々がお呼び立てしては、警戒されて来てくださらないと思いましたので」

そういうことか、と合点がいった。あの少年は上の者に無理やり命令され、嘘の使いをさせられたのだろう。

「何せ陛下が紹介してくださらない上に、大事に奥にしまわれているのでな」

「私はそのような者ではありません」

男達はダンテの臣下達なのだろう。全員文官のような身なりをしていた。彼らが自分を見る検分するような目つきに居心地の悪いものを感じる。

「我がイェンネ族からの要請に、ダンテ王がお応え下さっただけです」

「ほう、イェンネ族！　これはめずらしい。月人と呼ばれている人間族か」

「男でも子を孕めるとか」

「なるほど、そのせいか美しいものですな」

文官達のラーシャを眺め回す視線に遠慮がなくなっていくのを感じた。

「御用の向きはなんでしょうか」

ラーシャが尋ねると、文官達は蔑《さげす》んだような笑みを浮かべる。

「陛下の子を身籠もり、この国で何をするおつもりですかな」

「聞けば、陛下はラーシャ殿を妻のように扱ってらっしゃるとか」

「――――そんなつもりはありません」

何か誤解されている。ラーシャは顔を上げ、必死で彼らに訴えた。

「イェンネ族はここ数年子が生まれず、このままでは滅びてしまいます。ですから獣人王のお力を借りようと、我が長が要請を――――。子が出来れば、私はお暇するつもりです」

「その子はどうするのですか？」

「里に戻って、皆で育てます」

ラーシャの言葉に文官達は顔を見合わせる。

そう、ラーシャは身籠もれば、ここを出て行く。それは最初から決まっていたことだ。

「なるほど。わかりました」

誤解が解けたかと、思わずほっとした時だった。

「生まれた子を世継ぎにするつもりがないのなら結構。しかしひとつ気になる噂が」

「……なんでしょう」

ふと嫌な予感がする。

「イェンネ族の里からそう遠くないところに、オークの生息地があるようですね。なんでも彼らはひどく性欲が強く、気にいれば異種族でも攫って種をつけるとか、死ぬまで慰み者にするとか、そういった習性があるとか」

「――――」

ラーシャの顔からすうっと色が消えた。

「二年ほど前に陛下はオークの巣をひとつ潰したそうです。そこから慰み者になっていたイェンネ族の青年を助けたとか」

ラーシャの脳裏にあの洞窟の暗闇と饐《す》えた臭いが甦《よみがえ》る。人間扱いなどされなかった。あそこではラーシャは、まさに壊れるまで遊ばれる玩具だった。

「そんなところにいたのなら、それなりの扱いを受けていたのでしょうなあ。その胎はオーク共の種で汚されたのでしょう」

彼らの言う通りだ。ラーシャは昼も夜もわからないあの洞窟で、何人ものオーク達の精を注がれた。この胎の中に。

彼らはそんな存在のラーシャは、王の相手に相応《ふさわ》しくないと思っているのだろう。もっともだ、とラーシャ自身も思う。

「おっしゃりたいことはよくわかりました」

そんなことは言われなくとも、自分が一番よくわかっている。

「身籠もり次第ここから出て行きます。ダンテ様の妃になどと大それたことは考えておりませんので、どうぞご安心ください」

ラーシャが言うと、彼らは顔を見合わせたり目配せをし合ったりした。

「ではラーシャ殿、このことは、くれぐれも陛下には内密に――」

「なんだ、俺に隠れて密会か？　仲間はずれとはつれないじゃないか」

その場に不似合いな声が聞こえる。全員が入り口を振り返ると、壁に背中を預け、腕組みをしてこちらを見ているダンテの姿があった。

「へ、陛下！」

「どうしてここを――」

「お前達が脅して使いにやったミハルから聞いた。様子がおかしかったし、ラーシャの姿も見えなかったんでな。ああ、俺が無理に聞き出したんだから、後から叱《しか》るなよ？」

ダンテはそう言いつつこちらにつかつかと近づいてくると、彼らの目の前でラーシャをぐい、と引き寄せた。

「お前達の心配はありがたいが、俺が誰と番うかは俺が決める」

「そ、それはもちろんです。しかしその者は、あまりに――――」

「あまりに、何だ?」

ダンテはラーシャが見る限り、鷹揚《おうよう》な人物だ。懐が深く、これまでに怒ったところを見たことがない。臣下に軽口を叩かれても笑っているような男だ。

それなのに、彼から怒気が放たれている。決して声を荒らげているわけではないのに、鋭い牙を剝《む》かれているような感覚があった。

「いえ、何でもございません――――!」

それは同じ獣人である彼らのほうがより強く感じられたようで、平伏せんばかりに恭順の意を示す。そこには純粋な怯えがあった。

「それならいい。だが覚えておけ。二度目はないからな」

「は――――」

彼らがあまりに恐縮するので、ラーシャはなんだか気の毒になってしまった。彼らは国主であるダンテのことを案じていたに過ぎない。異物はラーシャのほうなのだ。

それ以上はもういい、という意を込めて彼の衣服をそっと摑むと、ダンテがこちらを向いた。

その目はいつものラーシャを見る優しげな色に戻っている。だが、微かな痛みもその中に見てとれた。

「行くぞ」

肩を抱かれたまま連れて行かれる。ラーシャはちらりと後ろを振り返った。文官達が顔を青くして項垂《うなだ》れているのが見える。

「すまなかった」

ラーシャを部屋に送り届けると、ダンテは開口一番にそう言った。

「俺の監督不行き届きだ。お前に対してあんな真似をする者がいるなどと――」

「構いません。それよりも、あの人達を処分などしないでください」

「ラーシャ」

ダンテは眉を顰《しか》める。

「今回は厳重注意ですませる。だが、さっきも言ったように二度目はない。お前を貶《おとし》めるということは、俺を貶めるのと同じことだ」

「彼らの気持ちもわかってあげてください」

ラーシャは尚《なお》も言い募った。

「無茶なお願いをしているのはこちらのほうです。彼らにとっては、自分の王を心配するのは当然のこと。あなたを貶めているわけではありません」

あんなことはなんでもないことだ。自分が穢れているのは事実だし、こんなことをしてもダンテの得になることは何もない。彼らは本当のことを言ったまでだ。

「……ラーシャ」

ダンテは自分の髪をかき乱すと、大きなため息をつく。

「怒られるべきは俺じゃなくてあいつらだと思うが？」

「怒ってなど……。そんな大それたことはしようと思っておりません」

ラーシャが悄然《しょうぜん》とすると、彼の大きな手がぽんと頭の上に乗せられた。

「何故そんなに自分の価値を下げる」

そんなことを言われてラーシャは瞠目する。

「まさか、自分には価値がないなどと思っているわけじゃないだろうな？」

じっと見つめられて、その強い眼差しに耐えきれずに視線を逸らした。

「お前は他人を庇《かば》う時にばかり饒舌《じょうぜつ》になる。少しは俺の気持ちに応えて欲しいものだ」

ダンテがラーシャを抱く時に繰り返される睦言《むつごと》。それを本気にとるほどおめでたくはないつもりだが、彼からそんなふうに責められると戸惑ってしまう。自分たちは、ラーシャが身籠もるだけの関係だと思っていたのに。

「まあ、いい。いずれ口説き落としてやる。覚悟していろよ」

頭の上からするりと手が降りてきて、頬をなぞって離れていく。たったそれだけでもラーシャの頬はじん、と熱を持った。

肉体のほうがよほど正直に反応している。

(そろそろ駄目になりそうだ)

押し留めていた心が、彼に惹かれ、求めてしまう心を、抑えつけるのはひどく骨が折れる。

(早く孕んでしまいたい)

そうしたら、彼の種を身体の中で育てて、ここから消えることができる。ラーシャはそんなことを思った。


「……避暑?」

「夏のゴッドフリッドは暑さが厳しい。お前の身体にも応《こた》えるだろう」

獣人の住むゴッドフリッドはイェンネ族が住む森の中に比べて湿度が低く、気温が高い。そのため日差しさえ避ければ風が通りさほど暑さを感じないのだが、夏場は一週間ほどしのぎにくい日があるらしい。住人達は水浴びなどをして過ごし、その期間は仕事も休むらしい。

「この城にいてもいいが、どうせなら環境がいいほうがいいだろう。お前も気分を変えてゆっくりしろ。山間の高原だ。水場もあるし、気持ちのいいところだ」

「俺のことは気にせず、どうぞダンテ様達だけで行ってきてください」

「馬鹿。お前を置いていけるか」

彼はラーシャを指さし、少し強引な口調で告げた。

「お前を連れて行きたいんだよ」

「……」

その言葉に胸がほんのりと温かくなる。彼の気遣いを嬉《うれ》しく思う心を、ラーシャは抑えることが難しかった。

「いいか。お前は俺と一緒に行くんだ。命令だぞ」

「……わかりました。ダンテ様がよろしければ、俺を連れて行ってください」

元よりこの身は彼に預けている。種をもらう以上、ダンテはラーシャを好きに扱うことができるのだ。だから異存はなかった。

それから五日後、ダンテはラーシャと数名の供を連れて王宮を後にした。馬での旅を三日ほど続けて山間部に入り、川の畔《ほとり》に建っている離宮に到着する。

ゴッドフリッドの王宮は質実剛健という感じだったが、この離宮は幾分小さいものの優美な作りだった。曲線が多く、色合いも華やかだ。

「お待ちしておりました」

「世話になるぞ」

離宮を管理している者が丁寧に出迎えてくれる。中に入って通された部屋は美しい織物が何枚も飾られ、花が生けられていた。壁の色も淡い水色に塗られている。

「ここは俺とお前が使う部屋だ」

「え」

いつものように、ラーシャの部屋にダンテが通うのではないのか。

「では、ごゆっくりお過ごし下さいませ。お食事は用意しておりますので、都合のよき時間に」

「ああ。用があれば呼ぶ」

早々と退室する側仕《そばづか》えにダンテが心得たように返して、部屋には二人きりが残される。窓から見える稜線《りょうせん》は青々としていて空が広い。ここが月人《げつじん》の里よりも高い標高にあることを表していた。

「気にいったか？」

「とても素晴らしいと思います」

　ダンテの臣下に詰められた一件以来、ラーシャは部屋から出ることはあまりなくなってしまった。またあんなことがあれば、彼の手を更にわずらわせてしまうことになる。だが部屋に籠《こ》もってダンテの訪問を待つだけの日々はやはり鬱屈《うっくつ》が溜《た》まっていたらしく、ラーシャはここに来てずいぶんと息がしやすいことに気がついた。

　陽が傾き、稜線が黄金色に縁取られる。その光景にラーシャは目を奪われた。

「まるで山が王冠を被《かぶ》ったようですね」

「本物の王がここにいるのにか？」

　ダンテが後ろから抱きしめてくる。衣服越しに彼の熱い体温を感じて、ラーシャの肉体も急にざわめき始めた。

「実はな、ここは、代々の王が子作りをしに来る場所だ」

「え……？」

「王が添う相手とこの離宮で昼となく夜となく睦《むつ》み合《あ》うと、必ず子が出来る。そんなふうに言われている場所だ。だから世話する者も供の者も、呼ばないとここには来ない。俺とお前だけ

だ」

「――――」

カアアッ、とラーシャの頬《ほお》に朱が散らされる。部屋の壁際に置いてある寝台が目に入った。透ける布を幾重にも上から垂らした天蓋《てんがい》が張ってある。

「別に子を成すだけじゃない。愛人と一夏の間籠もっていた王もいる。ここは愉《たの》しむための館だ」

ダンテは側にあった物入れの蓋《ふた》を開けた。その中には幾つもの硝子《ガラス》の小瓶が並んでいる。さらには用途のわからない、だが卑猥《ひわい》な形をした道具のようなものもあった。柔らかな絹で出来た紐《ひも》まである。

「俺はお前と愉しみたい、ラーシャ」

ダンテのほうを向かされ、顎《あご》を捕らえられる。低く甘く誘惑する声が耳をくすぐってきた。

「あ……っ」

ラーシャの中の被虐を悦《よろこ》ぶものがゆっくりと頭をもたげる。

「お、俺は…、あなたとなら、ダンテ様となら」

違う。彼はオーク達とは違う。一方的に玩具《がんぐ》にされるのではなく、ラーシャを悦ばせようとしてくる。だから彼に屈服するのなら、いいのだ。むしろ屈服させて欲しい。そんな欲求がラーシャの中で暴れ回る。自分は汚れているだとか、彼の相手としてはふさわしくないだとか、そんな気持ちすら簡単にどうでもよくなってしまう。素面《しらふ》に戻った後、死ぬほど羞恥《しゅうち》に苛《さいな》まれるとわかっていてもだ。

身体《からだ》の中がじわりと濡《ぬ》れてくるのを自覚して、ラーシャの膝《ひざ》から力が抜けていった。ダンテがそれをすかさず支え、卓の上に押し倒す。いつになく性急な仕草に、彼もまた昂《たか》ぶっているのがわかった。

(俺に興奮してくれている)

嬉しい。

めちゃくちゃにしてくれても構わない。

卓の上に上体を伏せているラーシャの衣服の裾《すそ》がめくり上げられ、その下の布は下ろされて、下肢が露《あら》わになる。

「ああ…」

下半身をダンテのほうに突き出すような姿勢に、恥ずかしさで息が乱れた。

「いつも思うが、可愛《かわい》い尻《しり》だ。齧《かじ》り付きたくなる」

大きな両手を双丘に這《は》わされて、その感覚にあ、あ、と喘《あえ》いだ。脚の間がじんわりと熱を持つ。するとダンテはラーシャの尻に唇を落とし、なめらかな肌に歯を立てた。

「んああっ！」

がりり、と噛《か》まれて小さな痛みが走る。ラーシャの身体を興奮が貫いて、脚の間の肉茎がそそり立った。

「んんっ……ふう……っ」

噛まれた場所を労《いたわ》るように優しく舌を這わせられる。快楽の波がぞくぞくと背筋を昇っていった。

「ここを開くぞ」

「ああっ…や…だ……っ」

双丘を両手で押し開かれ、秘められた場所が露わになる。奥の窄《すぼ》まりはひくひくと蠢《うごめ》いていた。ダンテが舌先を伸ばし、縦に割れたそこをねっとりと舐《な》め上げる。

「んあ、あっ！」

ダンテが舌を動かす度に、くちょ、くちょ、という卑猥な音が響く。

「あ……はあ…ん…ああ……っ」

ラーシャはたまらず腰を揺らす。それを強く押さえつけられ、まるで肉環をこじ開けるように舌が差し込まれた。

「あううんっ…！」

腹の奥が狂おしく疼《うず》き始める。卓の上に爪《つめ》を立てて快感に耐えようとするが、つるつるとした表面が引っかかれるだけだった。

「い、あぁ…っ、や、ぅんんっ……、そ、こっ…」

「どんどん蕩《とろ》けているぞ」

そんなふうに煽《あお》られ、身体中が羞恥と快感で燃え上がる。ラーシャの肉洞はすでに濡れ、脚の付け根から内股まで透明な愛液で濡らしていた。それなのに、ダンテが届く限りの媚肉《びにく》を舐めしゃぶるので両脚が痙攣《けいれん》してしまう。

「お前のここは本当にいやらしくて可愛いな。さっきからずっと、俺を欲しがっているのか……？」

「あ、は、も…もう、そこ、ああ…っ、い、挿《い》れ…て……っ」

疼いて蠢く肉洞を、彼の雄々しいもので貫いて欲しかった。かき回して、抉《えぐ》って、そして注いで欲しい。

「焦るな。時間はたっぷりある」

「やあ、あ、ん、あああああっ」

後ろを舐める舌の動きが激しくなる。入り口近くで出し入れされ、腹の中がびくびくとうねった。刺激が股間《こかん》にも伝わって先端から愛液が滴る。中が悶《もだ》えるように痙攣した。

「あ、いく、ああっ！　……んぁぁああん…っ！」

はしたない声を上げたラーシャは、とうとう後ろを舐められて達してしまった。卓に伏せた身体ががくがくと痙攣し、白い蜜を肉茎から零《こぼ》す。

「はっ、は……っあ……っ」

イっても体内の疼きは治まらない。むしろ変なイき方をしたせいで、ますます熱が中で凝っている。

「……ダンテ、さま……っ」

ラーシャは彼を振り返り、濡れた瞳《ひとみ》で捕らえた。滲《にじ》んだ視界の中、ダンテが雄の笑みを浮かべる。

「こっちを向け」

ダンテは卓の上でラーシャをひっくり返した。脚の間では興奮しきったものが濡れそぼって張りつめている。先端の小さな蜜口がぱくぱくと開閉を繰り返していた。

「こっちも舐めて欲しいか？」

「んあぁっ」

指先で裏筋をつつうっと撫《な》で上げられ、ラーシャは震えた。そんなもの、して欲しいに決まっている。けれど彼の男根が欲しいのもまた事実だった。貪欲《どんよく》な自分の肉体に呆《あき》れてしまう。

けれどダンテは、ラーシャのそんな考えをまるでわかっているように言うのだ。

「心配するな。どっちもしてやる」

「んん――あああっ！」

脚の間にダンテの頭が沈む。肉茎を咥《くわ》えられ、じゅうっ、と音を立てながら吸われて、脳天まで快感が突き抜ける。下半身が一気に甘く痺《しび》れた。

「は、はあっ、あっあっ、～～～っ」

鋭敏で刺激に弱いその器官を、巧《たく》みな舌が這い回る。ラーシャは卓の上で黒髪を振り乱してその快感に悶えた。時折口から出され、裏筋をちろちろと舌先でくすぐられると、背中を浮かせて啼泣《ていきゅう》する。

「これが好きだろう？」

「んあぁっ…あ、すき、好き…ぃっ」

気持ちよさのあまり、あられもない言葉が漏れてしまう。先端を舌全体で擦るようにして虐《いじ》められると、悲鳴のような声が上がった。

「あ、ひ――…っ、あっあっ、こ、こし…っ、ぬ、け…る」

快楽が強すぎて腰が抜けそうだと訴えても、ダンテは愛撫《あいぶ》の手を緩めてはくれない。

「腰が抜けたら、俺が抱き上げてやろう」

「あ…んっ、ああぁ――……」

またぬるりと口内に含まれ、全身がぞくぞくした。込み上げる射精感は、さっきからダンテが絶妙に根元を指で押し留《とど》めているせいで、なかなかイかせてもらえない。

「ふあ、んあ、い、イく……、も、イかせ…っ、て」

「イかせてもいいが」

彼は先端に舌を押し当てながら言った。

「イったら、今度は俺が満足するまでつき合ってもらうぞ。ちなみに今は繁殖期にあたる。人間であるお前が耐えられるかはわからないが」

獣人がこの離宮に来るのは、繁殖期に集中するためでもあるらしい。獅子型《ししがた》の雄の繁殖期の性交は濃厚で長く、同じ獣人でなければ体力が持たないと言われていた。

「構いま、せん、犯して、いくらでも、犯してっ……!」

繁殖期の精なら、孕《はら》めるかもしれない。だが今のラーシャは、そんなことは頭になかった。ただ彼の欲を体当たりでぶつけられ、貪《むさぼ》られたい。

「……いいだろう。その言葉、忘れるなよ」

低く押し殺したような声。それが彼が欲望を抑えていた声だとわかった瞬間、下半身に蕩けるような快感が襲ってくる。

「んあぁぁあ、あ、あ、出る――――」

腰骨が灼《や》けつくような快楽。ラーシャは両脚をがくがくと痙攣させながら、ダンテの口の中に蜜を放った。白く焼けつく思考。理性はとっくにぐずぐずに蕩けている。

ダンテはラーシャの蜜をすべて飲み下してしまうと、その身体を軽々と抱き上げた。寝台へと運ばれて、敷布の上にそっと降ろされる。そして勢いよく衣服を脱ぎ捨てると、そこには彫刻のように逞《たくま》しく精巧な肉体があった。

「乗れ」

ダンテの胴を跨《また》がされる。力の入らない身体で彼の上に乗り上げると、太股に固い熱棒が触れた。

「あ……っ」

それを感じただけで甘く喘いでしまう自分が恥ずかしくて目を伏せると、ダンテの熱い手で頬を撫でられる。

「恥ずかしがりなお前は可愛いが、自分を責めることはない」

「……っ」

火照《ほて》った頬を彼の掌《てのひら》に擦りつけた。好いている、と思う。そして想いを寄せた相手との情交が、こんなにも心と肉体を蕩かせるものなのだと、ラーシャは彼に抱かれて初めて知った。

「これ、挿れたいです……」

「ああ、お前の中に導いてくれ」

長大な凶器にそっと手を添えたラーシャは、自らの双丘の奥の窄まりにその先端を押し当てた。

「んんっ……」

肉環の入り口に熱を感じただけでくぐもった声が出てしまう。ゆっくりと息を吐きながら腰を落とすと、入り口がぬぐ、と押し広げられた。

「ああっ……！」

一番太い部分がそこを通過し、幹を呑《の》み込んでいく。太股《ふともも》がぶるぶると震え、圧倒的な質量に自然と涙が滲む。幾筋も血管を浮かび上がらせたそれが、ラーシャの肉洞を容赦なく犯していった。

「はう、あ、くううう……っ、あっ、す…、すご、い」

いっぱいに中を広げながら侵入していく彼のものは、ラーシャに強烈な快感をもたらしていく。壁を擦られ、先端が奥に触れた時、ラーシャは声も出せずに反り返った。

「〜〜〜っ」

「おっと、倒れるなよ」

細い腰を大きな手で掴《つか》まれる。そのまま軽く回されるように動かされると、腹の奥底からじゅわあっ、と快感が染み出てきた。全身が一瞬にして燃え上がる。

「あひ、あ、あ」

ラーシャは挿入されただけで達しそうになっていた。感じる粘膜で彼のものを締めつけているとそれだけで感じてしまう。だからあまり強い刺激を自分に与えないように、少しずつ腰を揺らしていたのだが、それがダンテにはもどかしかったようだ。

「すまん。――ぬるい」

どちゅん！　と突然強い突き上げを与えられる。

「――――ア！」

そのまま立て続けにぶち当てられたラーシャは、ダンテの上で身をくねらせながらよがり泣いた。たちまち肉茎から白蜜が噴き上がり、絶頂へと追い上げられてしまう。

「ひぃ、ああっ、あああ――…っ」

「ぐっ……！」

ダンテはラーシャがイってもお構いなしだった。そのままずんずんと下から突き上げ、淫蕩《いんとう》な媚肉を捏《こ》ねるように擦り上げる。

「っあ！　あっ！　い、いく、また、いくぅぅ……っ！」

達する毎に頭の中が真っ白になっていく。もう何も考えられなくて、ラーシャはただダンテの上で髪を振り乱して悶えた。白い身体が上気して薄桃の淫猥《いんわい》な色に染められていく。その様をダンテが目を眇《すが》めるようにして見つめていた。

「み、見ないで、くださ……っ」

「何故だ。お前は美しくて刺激的だ。俺は見たい」

欲にまみれ、肉の奴隷となった姿を見られてしまうのは何より恥ずかしい。けれどダンテはそんなふうに言うのだ。

繋《つな》ぎ目は焼《や》け爛《ただ》れるように熱くて、もう白く泡立っている。動く度にぐちゅっ、ぐちゅっ、という音がしていた。

「そろそろ手加減なしでいくぞ。耐えろよ」

「あ、あ……！」

ダンテがそう言った途端に、下からの突き上げが強く小刻みになる。全身が快感に包まれるような感覚に、ラーシャは泣き声を上げた。

「んあぁあんんっ、……あああ、あああぁ……っ」

「……っ、いい、か?」

「ん、い、い、きもち、いい……あああ……っ」

ダンテの先端が時折奥に当たると、どろどろと下肢が熔《と》けていきそうになる。

「ここが子宮か？　当たるとイイのか？」

「んっ、んっ、わからなっ、ああっこわいっ……！」

通常ならばその場所に下手に当たると苦痛を感じることが多い。慎重に調教を受けなければ感じることは少ないのだ。だがラーシャの肉体は特別だった。とびきり淫蕩に出来ている身体は、その場所を先端で捏ねられるとおかしくなってしまいそうな快感を得てしまう。

「き、気持ち…いいっ、おくっ、ああっ変に、へんになるぅ……っ」

「よしよし、なっていいぞ」

汗に濡れた背中を撫でられながら、優しい囁《ささや》きに包まれた。その手で双丘を摑まれ、乱暴に揉《も》まれると、内壁がごりごりと擦れてたまらない。

「ふあぁぁあ……っ、い、いい……っ」

内奥に咥え込んでいるダンテのものが大きく脈打つ。もうすぐ中に注ぎ込んでもらえる。その期待にぞくぞくと全身がわななないた。

「行くぞ。さあ、ここで全部吞めよ……っ」

「あっあっ、きてっ、いっぱいぃ……っ、出して……っ」

次の瞬間、体内に灼熱の迸《ほとばし》りがぶちまけられる。灼けつくような絶頂に達したラーシャは、胎の中にそれがどくどくと注がれるのを感じた。

「く、あ、あぁぁあ……っ」

満たされる多幸感。指の先まで甘く痺れて、力を失ったラーシャはダンテの上にゆっくりと倒れ込むのだった。


「ああ、いい天気だ」

太陽は高く、雲一つない。上から燦々《さんさん》と降り注いでくる陽光に目を眇めながら、ラーシャはダンテに誘われるまま草原を歩いていた。

「顔色がよくなったな。色の白いお前も美しいが、健康的なのに越したことはない。子作りにもそのほうがいいだろう」

振り返ったダンテが、ラーシャを見てそう言う。ここに来てからほとんど、食べて寝て身体を繋げることしかしていない。実のところラーシャはそれでも充分幸せだったのだが、こうして外に出てみれば吹きつける風が心地よい。澄んだ空気を吸い込むと、身体の中の爛れた熱がどこかへ行ってしまうようだった。

足下の草原には、見たことのない青い花が一面に咲いている。楽園というものがあるのなら、おそらくこんな風景なのではないかと思った。

少し前を歩くダンテの髪が、陽の光を受けて輝いている。それはとても神々しい光景だった。太陽に愛されたような肌もこの景色によく似合っている。

「信じられないような世界です。俺にとっては」

ダンテは足を止め、ラーシャに向き直った。

「世界にはまだまだ見たことのない景色がある。いつか、お前と行ってみたい」

「……」

彼の言葉の意図がよくわからなくて、ラーシャは曖昧《あいまい》な笑みを浮かべる。彼は特に気にした様子もなく、切り立った崖《がけ》の上を指さした。

「あの上に行ってみないか」

そこは今いるところよりも更に高いところで、上はここと同じような平地になっているようだった。だがそこへ行くには険しい岩場を登らねばならないだろう。ダンテはともかく、自分が行くのは難しいのではないだろうか。

「心配するな。俺が連れていく」

だが彼はそう言うと、待っていろ、と言ってラーシャに背を向けた。すると彼の輪郭が歪《ゆが》んで、みるみる違う生きものになる。変身だ。目の前で行われるそれに思わず息を呑んだ。

ダンテはあっという間に獣の姿になった。彼の基礎の生きものとされるのは獅子。見事なたてがみと逞しい四肢、鋭い爪と牙《きば》を持つ百獣の王だ。

ラーシャはこの獣を以前見たことがある。あのオークの巣で、彼が自分を助けてくれた時の姿だ。

「乗れ」

「でも」

なんだか不敬な気がして、少しためらってしまう。すると彼は笑い飛ばして言った。

「この間も俺の上に乗っていたくせに、変な遠慮をするな」

閨《ねや》でのことを言われているのだとわかって、思わず顔を赤くする。思わずむっとしてしまって勢いよく跨がると、彼は喉《のど》をぐるぐる鳴らして笑った。

「よし、行くぞ。摑まっていろよ」

ダンテは崖に向かって走り出した。力強い四肢は地面を蹴《け》って、速度をどんどん上げていく。まるで青い絨毯《じゅうたん》の上を走っているようだった。岩場に辿《たど》り着《つ》くと、彼は岩から岩へと軽々と飛んでいく。背中に乗せているラーシャなどものともしていないふうだった。

「振り落とされるなよ！」

「わっ……！」

慌てて彼のたてがみにしがみつく。ちらりと下を向くと、崖の麓《ふもと》はずいぶん下だった。

「すごい――」

ラーシャはどこか楽しくなって、笑い声を上げた。こんなふうに笑ったのはずいぶん久しぶりのような気がした。

崖を上がりきり、平地に着くと、そこには色鮮やかな花が咲いていた。大輪の花、小ぶりの花、赤い花黄色い花――。これまでいたところも楽園のようだと思ったが、ここはなんといったらいいのだろう。そう、まるで天国のような。

「ああ、満開だな。いい時期に来た」

ダンテは獅子の姿のままのそのそと歩くと、木陰を見つけてどさりと身体を倒した。ラーシャが彼に近づくと、その側にそっと腰を降ろす。

日差しは強いが、木陰は涼しい。吹いてくる風で肌寒いくらいだった。ラーシャが微《かす》かに肌を震わせると、ダンテがその頭部を擦りつけてくる。

「俺の毛皮は温かいぞ」

ラーシャは彼に寄り添うように身を寄せた。人間の彼の体温も温かいが、獣のそれはもっと温かい。辺りは風の音と草花の揺れる音、時折鳥が鳴く声だけだった。静かで心地よいところ。

「幸せです」

ラーシャの口からそんな言葉が漏れる。

「ここは天国のようで」

ダンテの舌がラーシャの頬をぺろりと舐めた。

「ずっとここにいてもいいんだぞ」

この離宮で、ずっとお前と繋がって過ごす。ダンテの言葉に、ラーシャは苦笑する。

「まさか」

そんなことができるわけがない。彼は獣人の王であり、国を背負う責任がある。

「でも、ありがとうございます」

たとえ戯《たわむ》れでも、ダンテが自分にそんなことを言ってくれたのは嬉しかった。

「俺も夢を見ることができました。こんな美しいところに連れてきてもらって、一生の思い出になります」

「なんだか不穏な言葉に聞こえるが」

「そんなことはありません」

ラーシャはダンテに微笑《ほほえ》みかけた。

「俺はこれまで、誰にも気にかけられないと思っていました。汚されてしまったから、それも仕方のないことと諦《あきら》めてました。でもダンテ様に優しくしてもらって、俺でも幸せになれるとわかったんです」

この時ラーシャは本当に幸せで、満ち足りていた。それには嘘偽《うそいつわ》りはなかった。そしてラーシャは、この男のことを愛していると、はっきりとわかったのだ。

「いくらでも優しくしよう」

「あまり優しくされると、わがままになってしまいそうです」

「構うものか」

ラーシャはいつの間にか人間の男の腕に抱かれていた。見上げると、人の姿に戻ったダンテがラーシャを見下ろしている。

「お前はもっとわがままになるべきだ」

「……本当ですか」

叶《かな》えてもいいだろうか。ラーシャの人生で、最大のわがままを。

「ああ」

「許してくれますか」

「ああ。俺が許す」

そう告げられて、ラーシャは嬉しそうに微笑んだ。

「愛しているんです」

あなたのことを。あの洞窟《どうくつ》で会った時から。本来なら許されないことだ。自分のようなものが彼を愛していいはずがない。けれど、この時ラーシャは自分の気持ちに素直になりたかった。

「俺もだ」

けれどダンテは応えてくれる。

男の腕がラーシャを抱きしめてきた。腕の中に閉じ込めるように、きつくきつく。苦しかったが、それ以上の喜びがあった。

「お前を俺の妻としよう。妃《きさき》として俺の側にいてくれ」

ラーシャの、湖面のような凪《な》いだ瞳がダンテを見つめる。長い睫《まつげ》に縁取られた目がぱちぱちと瞬いた。

「――――嬉しいです。でも」

ラーシャの声はそこで途切れた。彼の伴侶《はんりょ》だなど自分には身に余る。本当に、ほんとうに、嬉しいと思ったのだ。でも。

「答えてくれないのか」

ダンテの声に、ラーシャは唇を噛んだ。だが彼は耳元で囁いてくる。

「返事がないならベッドの上で聞こうか」

「————……っ」

彼の言葉に、ラーシャは震えながら目を閉じた。

「————ダンテ様」

その夜、ラーシャの肉体は熱く昂ぶった。単なる興奮とは違う、どこかふわふわとしているような、泣きたくなるような切ないものが混じっていた。

「どうした？」

寝台の上で抱き寄せられる。可愛いな、と耳に囁かれて、鼓膜をくすぐる響きに肌が震えた。

「……種を下さい」

熱の籠もった吐息と一緒に、そんな声が出た。薄い夜着を肩から落とすと、火照った肌が露わになる。まだ何もしていないのに、媚薬《びやく》を使われた時のように疼いていた。

「好きなだけやろう」

寝台の上に組み伏せられ、口を吸われる。ちゅくちゅくと音を立てて舌を吸われる度、腰の奥から快感が突き上げてきた。

「ん、ん……ん、んう」

注がれる唾液《だえき》も悦んで飲み下す。やっと唇が解放される頃には、頭の中は霞《かすみ》がかっていた。

「あ、はっ」

刺激と興奮で尖《とが》りきっていた乳首を舌先で転がされ、もう片方は指先で摘ままれて揉まれ、捏ねられる。微妙に異なる快感が胸の先から込み上げて、身体中にゆっくりと広がっていった。

「あ……あっ、ああっ……」

痛いほどに敏感になっている乳首は、息を吹きかけられただけでも感じてしまう。それなのに舐められ、吸われ、あるいは指で弄《いじ》られてはたまらなかった。

「あ、んああ…っ、そ、それ、気持ちいい、です……っ」

「可愛い色になって、膨らんでるな」

ラーシャの乳首は卑猥な桃色に染まり、乳暈《にゅううん》からふっくらと膨らんでいた。ダンテはわざと乳暈だけに舌を這わせ、時折突起に吸いついてラーシャに嬌声《きょうせい》を上げさせる。

「はあっ、あ、あ…んんっ…！」

ダンテは乳首を吸いながら、その舌先をラーシャの腋《わき》の下に移動させた。鋭敏な場所を舐め上げられるくすぐったさと快感に思わず身を捩《よじ》る。だが押さえ込まれていて動けない。

「ひゃ、あっ、あっ、んあ、だ…だめ、そこ、そこ、だめぇ……っ」

「駄目だ。じっとしていろ」

そんなことを言われても無理だった。異様な刺激に声が止まらず、ラーシャは仰《の》け反《ぞ》ってぶるぶるとわななくしかない。柔らかな肉をじゅうっ、としゃぶられて、泣くような声が上がった。

「んああぁんっ」

その快感で、ラーシャは一気にイく寸前まで追い上げられる。そこでようやっと口を離されてほっと息をつくが、彼は今度は反対側の腋の下を舐め始めた。

「ああ――…、そ、そっちも、なんてっ…！」

「感じるんだろう？」

「く、くすぐっ、たいっ……、んんっ」

びくびくと震えながら訴えると、それだけじゃないだろう、と言わんばかりに、ダンテが腋の下の窪《くぼ》みを舐め回してきた。

「ああぁあ」

あからさまなよがり声が出てしまう。ラーシャの肉茎は快感にそそり立ち、先端を濡らしていた。脇腹までたっぷりと刺激されて不規則な痙攣が止まらない。彼がようやく気が済んでラーシャの上体から顔を上げた時、ラーシャは啜《すす》り泣《な》きを漏らし、二度極めた後だった。

全身がぶるぶると震える。何度か達したせいで身体がじんじんと脈打ち、腹の奥がひっきりなしにうねっていた。

「は、はや……く、挿《い》れ……っ」

「もちろんだ」

ラーシャの身体がおりたたまれるように両脚を抱え上げられる。両膝が胸につくほどに酷《ひど》い格好をさせられ、双丘の奥が露わになった。

「あ……っ」

それでも、ダンテのものの先端がそこにあてがわれると、物欲しげな声を漏らしてしまう。

そしてとうとう彼のものが肉環をこじ開け、中を穿《うが》たれた。

「う、ああっ、あっ、は、んあぁぁ…っ、あっ！」

ずぶずぶと音を立てて男根が入ってくる。媚肉を擦り上げられる感覚が背筋が震えるほどに気持ちよく、また最初から深く挿れられてラーシャは息が止まりそうになった。

「ふ、くううう…っ、あぁぁんっ」

(奥、当たってる)

彼のものがそこに触れるだけで下腹がふるふると震える。上から押し潰《つぶ》されるような体勢に苦しくはあったが、それ以上に快楽のほうが大きかった。

「今日こそ孕ませてやる」

太股の裏側を両手で押さえつけられ、そのままずん、と貫かれる。

「ア、――――〜〜〜っ！」

稲妻に打たれたような快感が走った。肉体の真芯《ましん》を長大な熱で埋められ、捏ねられて、口の端から唾液が零れるほどに感じ入る。

「ああ、んんっ、……そこ……っ」

「ここが気持ちいいか？」

ダンテが自身を押し込むように腰を動かすと、ラーシャはひいひいとはしたない喘ぎを漏らした。

「あっ深っ、ああっあっ……、き、きもち、いぃ、んあぁああ……っ」

ラーシャはいく、いく、と口走りながら達していた。絶頂がずっと続いているような状態だ。こんな快楽、これまで味わったことがない。

「ダ、ダンテ、様、も、もう、だめになる、から、許してっ……」

こんな気持ちよさ、もう少しも耐えられない。無意識にダンテの下から逃れようとするが、弱々しくもがくことしかできなかった。それどころか、逃げるなとばかりに再度寝台に押さえつけられ、ぐちゅん！　とわからせられる。

「あ、は、ひぃぃっ」

「駄目になれ」

反り返った喉に歯を立てられる。喉笛を食いちぎられるのかと思った。それでもいい。彼に食われるのなら。骨の一片たりとも残さずに喰らわれたいという衝動。

「ふ…っ、んあんんん――〜っ」

宙に投げ出された足の爪先《つまさき》がびくびくとわななく。その間もダンテのものはラーシャの最奥を突き続けていた。彼のもので腹の中をいっぱいにされている。悦びではち切れそうだった。

「出す、ぞ……！」

「っ、う、ん…っ！　ああ…っ」

ろくに返事もできずにこくこくと頷《うなず》く。すると身構える間すら与えられずに灼けつくような精をぶちまけられて、ラーシャは絶頂に痙攣した。

「くあぁあ、〜〜〜っ！　〜っ」

ダンテのそれは何度も何度も腹の中に注がれた。ラーシャはその度に身体がばらばらになってしまいそうな極みを味わわされ、ただそれを耐えるしかない。

「あ、あ……っ、あ…っ！」

どくどくと流れ込むダンテの命の種。それを、ラーシャは身体の深いところで受け取った。

汗の乾いた身体が敷布に触れる感覚が心地よい。すぐ側にある男の体温も、限りなく愛《いと》おしく思えた。

部屋の中は壁にかけられたランプの温かい光にぼうっと浮かび上がっていた。隣に眠る男の規則正しい息づかいが聞こえる。ラーシャは長い髪を散らしながら、その男の寝顔をじっと見つめていた。

――俺と番《つが》ってくれ。お前を幸せにしたい。

つい先ほど囁《ささや》かれた言葉を胸の中で何度も繰り返す。

今夜は、生まれてきてから一番幸せな夜だ。この日の思い出だけで、自分はこの先一生生きていけるだろう。

（この子と共に）

ラーシャは自分の下腹にそっと手を当てる。

先ほどの情交で、自分が彼の子を身籠《みごも》ったことを感じていた。その時が来たらわかると言われていたが、実際にその通りだった。受精した瞬間にこれだと感じたのだ。今自分の体内で、ダンテの子が確かに生まれる準備を始めている。今この瞬間も、ゆっくりと。

(俺は、今度こそ里の者に許されないだろう)

ラーシャを信じてここに送ってくれた長《おさ》にも申し訳が立たないと思った。けれど、俺は彼の側でのうのうと生きていくことはできない。

「……ダンテ、様」

声に出さず、吐息だけでそっと彼の名を呼んだ。眠る彼の唇に触れるか触れないかの口づけを送ると、ラーシャは決意を固めた表情で顔を上げる。

そっと寝台から降りて衣服を整え、最低限の荷物だけを持ち、そっと部屋の出口へと歩く。最後に一度だけ寝台で眠るダンテを振り返った後、ラーシャは静かに扉の外へと姿を消した。

この山の麓の小さな町に、ジャンは生まれた時から住んでいた。そしておそらく死ぬまでここに住むだろう。この町唯一の医者である父の手伝いをして勉強しながら、ゆくゆくは自分も医者を継ぐのだと思った。

町は呆れるほど平和で、事件も年に数回ほどしか起こらない。それも、強盗や暴力沙汰《ざた》になると年に一度あるかないかで、至極のどかで平和な町だった。

明日も、明後日も、その次もきっと何も変わらない。町の人達はそう信じていたし、ジャンもそれを疑わなかった。

ある日、家の裏に、月人が倒れているのを見つけた時までは。

「ラーシャ、それが終わったら一休みしよう。お茶を入れるよ」

裏の戸を開けて庭に出ると、物干し竿《ざお》に何枚もの白い布が干されていた。それを干していた青年が手を止めてこちらを振り返る。

「もう少しかかるから、先に行っていてくれないか、ジャン」

長い黒髪を後ろでくくった姿が振り返ると、纏《まと》められた髪が美しい孤を描くように揺れる。

「手伝うよ」

ジャンは彼の隣に立つと、籠《かご》の中に入っていた布を手際よく干し始めた。

「すまない。俺の手際が悪いせいで……」

「量が多いんだから気にするなよ。二人でやったほうが早いし」

病院という場所柄、洗い物は山ほど出る。毎日熱湯で消毒して干すという作業だけでも一苦労であり、ラーシャがそれを手伝ってくれるだけでもずいぶんと助かっているのだ。

「ありがとう」

ジャンの隣で、ラーシャが小さく笑う。その表情に思わずどぎまぎして視線を逸《そ》らした。

「あーあ」

「こら、カシス、触ったら駄目だ」

そこへよちよち歩きの幼児がやってきて、干してある布に触ろうとする。ラーシャは慌てて止めるとカシスを抱き上げた。カシスは二歳になる男の子で、ラーシャがこの病院で産んだ子だ。

「おやつの時間だぞ。楽しみだな」

ラーシャが抱き上げた我が子に優しく笑いかけると、カシスはきゃっきゃっと笑った。屈託のない笑顔だ。その微笑ましい様子に、ジャンも自然と笑みが零れる。

（いったい誰との子なんだろう）

ラーシャが家の裏で倒れていたのを見つけたのはジャンだ。一頭の馬を連れていて、どうやらその馬から落ちて気を失っている状態だった。連れていた馬は妙にいい馬で、ジャンは最初どこかの国の姫がお忍びで出かけている時に体調を崩しでもしたのかと思ったが、ラーシャが男だということはすぐにわかった。そして医師の父の診察を受け、彼が身籠もっていることを知った。

「――月人?」

「ここからずっと東にあるイェンネ族の村の者をそういうんだ。男でも子を宿せる。最近はめっきり見なくなったが……」

ラーシャはやがて目を覚ました。ひどく疲労している様子だったのでどこから来たのかと尋ねると、彼は『あの山の向こうから』と指を差した。

「ご迷惑をおかけして申し訳ありません。あまり手持ちはないのですが、これを」

そう言って彼は金貨を何枚か渡そうとしたが、父は首を振って受け取らなかった。

「いいからしばらくここで養生しなさい。お腹に子供がいるのだろう」

「――」

ラーシャはゆっくりと息を呑んで父を見る。

「昔、月人の出産を手伝ったことがある。君は無理をしてここまで来たようだし、栄養もあまりとれていないね？　お腹の子の父親は？」

ラーシャは目を伏せ、首を横に振った。答えたくないと言っているようだった。

「馬に乗って、山をふたつほど越えて来ました。馬は休ませましたが、それ以外は休みなしで……なるべく急いでここまで来たかったので」

「その身体で無茶をするのはよくないね」

「はい。……あの、お腹の子は」

「問題はないよ」

そう言われて、ラーシャはほっとした様子だった。安心したのか、起こした上体がまたぐらりと傾《かし》ぐ。ジャンが慌てて支えた。

「とにかく今は眠って。あとで食事を持ってくるから」

「……すみません」

ラーシャが瞼《まぶた》を閉じると、長い睫が目元に影を作った。その形が艶《なま》めかしくて、ジャンは顔が熱くなるのを自覚する。この人は患者さんだ。何を考えているんだ。そう言い聞かせても、整った顔から目が離せなかった。

ラーシャは次の日の朝まで昏々《こんこん》と眠り、ジャンが運んできた朝食を残さず食べた。

「子供のためにも、たくさん食べて」

「……ありがとうございます」

ラーシャは恐縮したように頭を下げる。

（それにしても、綺麗《きれい》なひとだな）

こんな片田舎の町で生まれ育ったジャンは、ラーシャのような麗人を見たことがなかった。月人という種族特有のものなのだろうか。黒い髪はどこまでも艶々《つやつや》としていたし、肌は日に焼けたことがないように白く、そして艶めかしく、瞳は深い湖のようだった。そしてそんな月人が身籠もってここに流れ着き、いったい何があったのか頑として話そうとしない。無理に聞き出せばこのまま出て行ってしまいそうで、医師の卵としてそんなことを決してさせるわけにはいかなかった。

「行くところがないならここにいなさい。子供もここで産むといい」

父はラーシャにそう言った。もちろん、ジャンともよくよく相談した上でのことだ。元気になったのならここの仕事を手伝ってくれればいい。連れてきた馬も時々貸してくれれば、交通手段として役に立つだろう。

「……いいんですか」

ラーシャの瞳は逡巡《しゅんじゅん》するように瞬いていた。おそらくは当てなどないのだろう。故郷には戻れないと言っていた。何か訳があるのはわかる。そんな彼をこのまま放り出すことはできなかった。

「妻を五年前に亡くしていてね。家のこととか、病院の仕事とかを手伝ってくれればいい、もちろん身体に無理のない範囲で」

「……なんでもします。本当にありがとうございます」

ラーシャは安心したように肩の力を抜き、深々と頭を下げた。その時ジャンは単純に、この美しい人と一緒にいられることが嬉しかったのだ。

そして十月十日の後、ラーシャはこの病院で子を産んだ。赤子を取り上げた父が「ん？」と赤ん坊の頭部を覗《のぞ》き込《こ》む。

「父さん、どうかしたの」

「いや、……これは耳か？」

小さな頭部に、更に小さな獣の耳のようなもの。ジャンはこれと同じ特徴を持つ種族を知っている。

「獣人？」

「おそらくそうだろうな。この子の父親は、十中八九獣人だ」

獣人と言えば話にしか聞いたことがないが、獣に変身できる種族と聞く。そして繁殖力も強く、肉体も頑強で力も強い。

その獣人の血を引いているからか、カシスは丈夫で子供にありがちな熱もあまり出さなかった。

ラーシャは家や病院のことをよく手伝ってくれた。口数は多くはないが物腰が丁寧で微笑んだ表情がとにかく美しいので、患者達にも慕われていた。おまけに彼には薬草の知識があり、その調合によって出来た薬はよく効くと評判になった。

町の者は突然病院に居着いたラーシャに驚いたようだが、ジャンの父やジャンは医師ということで町民の信頼を得ている。「先生達が決めて置いているんだから、大丈夫だろう」ということになったらしかった。

ラーシャがここに来てからもう三年が経つ。近頃はジャンは、もうすっかり彼のことを家族同然のように思っていた。ラーシャの子であるカシスもそうだ。時々、自分とラーシャの間に出来た子のように思えて、一人赤くなる。

おそらく、彼は何かの事情を抱えているのだろう。きっとよんどころのない事情が。彼が連れていた馬は妙にいい馬だったし、身につけていたものも上質のものだった。どこかの金持ちのところから逃げてきたのだろうか。その金持ちはきっと、獣人なのだろう。ラーシャの容姿や、時折醸し出される濃い花の香りのような艶めかしさからジャンはそう推測したが、本人に確かめることは出来ない。だが、それがなんだと言うのだろう。ラーシャは奥ゆかしく謙虚でいい子だ。過去なんか、どうだって構わない。

「ずっとここにいるといいよ。君はもう家族も同然なんだから」

「ありがとう、ジャン。先生にもジャンにも本当に感謝している。カシスを無事に産めたのも、あなた達のおかげだ」

ラーシャが微笑む。ジャンはまるで天にも昇る気持ちになった。いつか彼と本当の家族になれるだろうか。その時は、自分の子供も産んでもらいたい。もちろんカシスとは分け隔てなく育てる。カシスもまた、大事な家族だ。

「行こう」

カシスを両手に抱くラーシャの背にさりげなく自分の手を添え、ジャンは家の中に入っていった。


ラーシャは二階にある自分の部屋で窓を開ける。朝の気持ちのいい風が入ってきて頬を撫でた。今日も天気がいい。洗濯物もよく乾きそうだ。

ふと後ろからカシスの声が上がる。ラーシャは振り返り、ベッドの上で眠そうにしている息子に声をかけた。

「目を擦ったら駄目だ。今顔を洗う水を持ってくるから」

小さな手をやんわりと制して一階に降りる。するとこの家の主人の医師と、その息子のジャンがちょうど起きてきたところだった。

「おはようございます」

「おはよう、ラーシャ」

「ラーシャおはよう！」

ラーシャが井戸で水を汲《く》んでくると、彼らは朝食の支度に取りかかるところだった。

「こっちが済んだらすぐに行きます」

「こっちはいいから、カシスの面倒をちゃんと見てあげなさい」

戸棚からパンを出しながら医師が言う。

「はい」

ラーシャは洗面器に水を入れて二階へと上がった。医師の親子はいつも自分に親切にしてくれる。行き場のないラーシャを受け入れ、カシスの出産まで手伝ってくれた。彼らには感謝してもしたりない。

（何か返せればいいのだけど）

自分はいつもそうだった。人から与えられ、守られるばかりで、何もできはしない。

「カシス。顔を洗おう」

部屋に入ると、カシスはベッドの上に起き上がっていた。ラーシャは息子の洗面を手伝ってやり、自分も顔を洗う。一階に降りていくと朝食があらかた用意されていたので、皿を用意して並べた。

あれからあっという間に時間が過ぎた。

ラーシャはダンテの元から出て行った後、馬を一頭だけ拝借し、来た方向とは反対側から山を下りた。最初に立ち寄った村で二つ山を越えたところに小さな町があると聞いて、そこへ向かおうと思った。

イェンネの村には帰れない。真っ先に捜されると思ったし、何よりもラーシャは、ダンテの血を引く子を自分だけで育てたいと願ってしまったからだ。

身籠もれる側の月人でありながら、ラーシャは自分が子供を持てるとは思っていなかった。それも、愛した人の子供を。

月人の産んだ子は村で育てられる。種を外からもらってくるイェンネ族には、両親という概念が薄い。ラーシャもそのように育てられた。

だがこうしてカシスを産むと、自分の手で育てたいと思ってしまう。村に帰れないのは、ダンテに見つかるという理由もあるが、カシスの母親でありたいという願いも強かった。

――村も、愛した人も捨てて。

ラーシャは今ここにいる。知らない町で、一族ではない人達と暮らして。

自分勝手でわがままな行いをしていると思っている。

だがラーシャはあのまま彼の側でのうのうと妃になることなんて出来なかった。王である彼にはもっとふさわしい相手がいる。妃がラーシャでは、彼はどこにも誇れない。

ダンテがくれた言葉と想いは本当に嬉しかった。あの時ラーシャは世界の他の誰よりも幸せだった。だからこの幸せを抱えたまま消える。もしかしたら間違っているのかもしれない。それなら、この過ちを抱えたまま地獄に落ちる。幸せな想いと共に。

カシスは二歳になるが、日を追うごとに彼に似てきていた。獣人の特徴である耳も、まだ小さくはあるが頭部にある。もっと長じれば、さらにあの人に似るのだろうか。その時自分はどんなふうに思うのだろう。

この子のためには出来るだけのことをしてやりたい。たとえこの命に代えても。

「大地と水と風の恵みに感謝いたします」

食前のお祈りを済ませて朝食が始まる。簡単な野菜のスープとパンとチーズ。この町は土地が豊かで作物もよく取れる。彼らの生業は医者で、自分と子供の食い扶持《ぶち》が増えてもさほど負担にならないほどの経済力があったのがせめてもの救いだった。ラーシャが持ち合わせの金貨を渡そうとしても彼らは決して受け取らない。いつかそれだけでも返すことができたらと思う。

（でも、いつまでもここにいるわけにはいかないいな）

善良な彼らにずっと甘えているわけにはいかない。いずれはここを出て、どこか他の土地へ行かねばならないだろうと思っていた。この町の人達はラーシャを温かく迎えてくれたが、月人であるラーシャはどうしたって目立つ。そのうち噂《うわさ》になり、あの男の耳にも届くかもしれない。もっとも、あれからもう三年が経つ。彼はもうラーシャに対する執着をなくしているかもしれないが。

「今日はこれから往診が入ってる。病院のほうはお前にまかせたぞ」

「わかってるよ、父さん」

「ラーシャはジャンを手伝ってやってくれないか」

「もちろんです」

カシスの口元を拭《ふ》いてやりながら答えると、医師は笑みを浮かべた。

「ラーシャがいてくれて助かっているよ。カシスも生まれて、この家にも活気が戻った」

「そうだね。母さんが死んでずっと静かだったから」

「……もったいないことです」

こんなふうに手放しで好意を示してくれる彼らを、自分は利用しているだけではないのか。そう思うとどうしても胸が痛んでしまって、ラーシャはやるせない笑みを浮かべる。そしてそんなラーシャを、ジャンがじっと見つめていた。


「ラーシャ、ちょっとミハイルさんのところに薬を届けてきてくれないか。カシスと一緒に行っていいから」

「わかった」

「帰りは散歩でもしてくるといいよ。川べりに花が咲いていたよ」

「でも病院空けて大丈夫か？」

「大丈夫だよ。今日は患者さん少ないから」

「じゃあ、お言葉に甘えて……」

ラーシャは部屋で積み木をしているカシスを呼んで、手を繋いで歩く。日差しが柔らかく肌を包んで温かかった。

「いい天気だね」

「うん！」

通りを歩くと、会う人がラーシャ達を見て声をかけてくる。

「こんにちは、ラーシャさん。おつかいかい。カシスちゃん、一緒でいいねえ」

「はい、こんにちは」

玄関先で日光浴をしていたカトルさんの家のおばあさんがにこにこして声をかけてくる。カシスが元気に手を振り返した。

この町では、突然現れた月人のラーシャに対して、皆が優しくしてくれる。最初は好奇の目もあったが、ラーシャがわけありだと知ると同情するようになったらしい。受け入れてもらったただけでもありがたいと思った。

子連れの足でも二十分ほどで目的のミハイルさんの家に着く。ここに住むおじいさんがいつも服用している薬を持ってきたのだ。

「こんにちは。薬をお届けに来ました」

ミハイルさんは玄関先にラーシャが現れると少し驚いたようだった。

「おお、あんたか。わざわざすまなかったね」

「いいえ。薬がなくなったらまたいらして下さい」

「そうさせてもらうよ。……ちょっと待っておれ」

ミハイルさんは一度奥に引っ込むと、手にいくつかのキャンディを持って戻ってきた。

ていた。

「ありあとー」

両手を伸ばしたカシスの掌《てのひら》にいくつかのキャンディがのせられる。カシスは無邪気に笑っていた。

「いい子のカシスにご褒美だ」

「すみません。ありがとうございます」

「なんのなんの。気をつけてな」

ミハイルさんの家を辞すると、ラーシャはジャンに言われた通りカシスを連れて川べりに行くことにした。川と言っても小川のようなもので深くはないが、町の中を流れるそれはラーシャが来た山の向こうまで続いていた。

「川には入らないようにね」

「うん！」

カシスは元気よく駆けていって、しゃがんで花を眺めたり、蝶《ちょう》を追いかけたりして遊び始めた。

ラーシャは土手に座ってそれを眺める。

（大きくなったな）

獣人の血を引いているからか、カシスは発育が早いように思える。

(父親に会わせなくていいのだろうか)

町の人の、親が子を育てる子育てを見るにつけ、ラーシャはそんなふうに思うようになった。自分のエゴでこの子から父親を奪ってしまっているという罪悪感。おそらくそれは、カシスが成長するにつけますます大きくなっていくのだろう。

「――――はい!」

ふと気づくと、カシスが摘んだ花をラーシャに差し出していた。紫色の可憐《かれん》な花が小さな手からいっぱいにはみ出している。

「くれるの?」

「うん!」

ラーシャは微笑んでカシスの頭を撫でた。

「ありがとう」

カシスは今や、ラーシャに唯一残された大事なものだ。愛した彼との証《あかし》。何をおいても守らねば、と思う。

「そろそろ帰ろうか。お花も家に飾らないとね」

小さな手をしっかりと握り、ラーシャは川べりを後にした。

その日は、何か予感めいたものを感じていた。朝から妙な胸騒ぎがして、そわそわと落ち着かない感じがする。それでもラーシャはいつも通りに起きて仕事をしていた。大丈夫。何も起こらない。ここは平和な町だから。

「庭で遊んでおいで。柵《さく》から向こう側へは出ちゃ駄目だよ」

「あい」

カシスが裏庭へと姿を消す。それを見送ってからラーシャは箒《ほうき》を手にし、病院の前を掃き清めた。

しばらくすると、誰かが門をくぐってきた。患者が来たのかとラーシャは顔を上げる。挨拶《あいさつ》をしようと口を開きかけた時、その表情が凍りついた。

箒が手から離れ、地面に落ちる。

「――……」

離れようとしても、目の前から消えても、その男の顔は記憶からちっとも薄れることはなかった。彼の声、熱。今でも鮮明に思い起こせる。

もう会えない。

どんなに寂しくとも、自分が彼の前に再び出ることはない。

それが彼を裏切ってしまった自分に対する罰だからだ。

それなのに、今、目の前に立っているのは――。

「ここにいたのか」

低い声は昔のままで、それを聞くだけでラーシャの身体が震えてしまう。

「探したぞ、ラーシャ」

「ダンテ……様……」

目の前の男は黒いマントを纏《まと》っていて、フードを被《かぶ》っていた。男の手がフードを下ろす。そこに表れる獅子の耳。そして黄金に近い明るい色の髪。

「どうして」

どうしてあなたがここに。

「どうして、だと？」

彼の声には怒気が含まれていた。当たり前だ。彼のことを想っての行動とはいえ、ラーシャは殺されても仕方のないことをした。

だがダンテは自分の声がラーシャを怯《おび》えさせたことに気づいたらしい。眉《まゆ》を顰《ひそ》め、努めて感情を抑えながら続けた。

「何故黙って消えた」

「――――…」

うまく答えられそうにない。ラーシャが押し黙ると、ダンテは上を向き、息を吐いた。

その時、裏庭からカシスが走ってきた。手に白い花を持っている。

「ねえねえ、みて！」

「カシス！」

カシスはラーシャの元まで来ると、その前に立っている男に気づいた。不思議そうな顔をして男をじっと見つめる。

ダンテの瞳が、みるみる大きく見開かれた。

「それ…は、俺の子か」

ラーシャは答えず、カシスを抱き上げた。カシスは物怖《ものお》じもせずにダンテを見つめていたが、やがてにっこりと笑って「はい」と摘んできた花を差し出した。ラーシャは驚いてその行動を見る。

「俺にくれるのか」

「うん」

ダンテは手を伸ばして、小さな手からやはり小さい白い花を受け取った。

「……ありがとう。大事にする」

「うん！」

彼はカシスに向かって微かに微笑んだ。そして次にその視線がラーシャに向けられる。それは絶対に逃がさないという、獣の目だった。

「話がしたい」

「仕事があります」

ダンテは玄関の看板をちらりと見上げる。その時、病院の玄関が開いた。

「ラーシャ、そろそろ病院を開け――」

ジャンが顔を出し、自分たちを視界に入れる。彼は何が起こっているのかわからない様子でしばらく固まっていた。ジャンが主に見ていたのはダンテだ。彼はフードを外していたので、頭部の獣の耳に気づくはずだ。カシスの頭にも同じものがあるので、彼がカシスの父親なのだと気づくかもしれない。

「あの……、何か御用でしょうか」

「彼と少し話をしたいのだが」

ジャンはラーシャとダンテを交互に見た。

「もしかして、その人が、カシスの父親？」

そう問われたラーシャはこくりと頷く。

「すまない、ジャン――、ここだと、迷惑をかけてしまうかもしれない、から――」

ラーシャは震える声で告げた。

「俺はダンテという。ラーシャを探してここまで来た。疑われているのかもしれないが、彼に危害を加えることはしない。だから少しの間、ラーシャを貸してもらえないだろうか？」

ジャンはダンテにそう言われて、少し驚いたようだった。だが怯《ひる》むことなく、ダンテを見極めようとしている。自分たちにとって危険な男かどうか。そしてダンテはそれをわかっていて、あえてジャンに探らせているようだった。

「……ラーシャ。カシスは俺が見ているから、行ってきなよ。ちゃんと話し合って」

「――すまない、ジャン」

ラーシャは腕の中のカシスをジャンに引き渡した。

「恩に着る」

「いえ――、ラーシャをよろしくお願いします」

「どこかいくの？」

カシスが不安そうにラーシャとダンテを見上げた。大きな目に涙が溜まっている。それを見ると胸が痛んだ。

「ごめんねカシス。この人と、大事なお話があるから。少し行ってくるけど、ジャンといい子にしていて」

「かえってくる?」

「もちろん」

カシスを置いていったりしないよ。そう言うと、彼はわかった、と言って、ジャンの元に行った。ジャンがカシスを抱き上げる。

カシスは機嫌良くジャンの腕の中に収まった。それを見てほっとしたラーシャは、安堵《あんど》のため息をつくのだった。


ダンテは町の大通りの一番奥の宿に泊まっていた。中央にある最も大きな宿にしなかったのは、彼なりに目立たぬようにしていたのだろうか。

だがこんな小さな町では、たとえフードを被《かぶ》っていても彼の覇気《はき》や風格などが漏れ出てしまい、体格の良さも相まって充分に人目を引いていた。ましてや、その後ろを月人《げつじん》のラーシャがついていっているとなれば、尚《なお》のことだ。道行く人が足を止め、何事かと囁《ささや》き合っているのが目の端に止まる。ラーシャはいたたまれない思いでいっぱいになっていた。

「しばらく誰も来なくていい」

「は、はい、それはもちろん」

どこかの身分の高い金持ちがラーシャを連れ込んだ――。そんなふうに見えるのかもしれない。宿の主人の直立不動の対応を横目に見ながら、ダンテの後ろについて二階への階段を上がっていった。

部屋に入ると、ダンテはそれまでの紳士的な態度が嘘《うそ》のようにラーシャの腕を摑《つか》み、ベッドに放り投げる。

「まず、どうして俺から逃げたのか説明してもらおうか」

ラーシャは唇を嚙《か》んだ後、ダンテに向かって顔を上げた。少し腹立たしい気分になっていた。男のために下した決断だった。自分が悪いこともわかっている。だが、それならばどうして放っておいてくれないのか。自分のことなど忘れて、もっとふさわしい相手と番《つが》おうとしないのか。

「俺はあなたの伴侶《はんりょ》などではないからです」

「……お前も、俺を好いてくれていると思った。お前の口からそう聞いた」

「俺の感情など関係ありません。あなたは自分の立場というものをわかっていない。だから、俺も立場を一瞬忘れてしまった」

もともと子種だけをもらう約束だった。ラーシャもそのつもりだった。それなのに優しくされ、限度を超えて激しく愛され、言葉までもらってしまって、ラーシャは自分が立っている場所を忘れた。

「それのどこが悪い」

ダンテの声がラーシャを追いつめる。

「ずっとお前に会いたかった。突然お前に消えられて俺がどんな気持ちになったかお前にわかるか。俺の気持ちはどうでもいいと言うのか」

「あ、あなたは――――」

それは、少しは怒ったり悲しんだりもするかもしれない。だが彼ほどの男なら、自分よりももっといい相手がいくらでもいる。その相手と愛し合っていくのだろうと、ラーシャは思っていた。

「本気でそんなことを思っていたのか」

怒りとも悲しみともつかない響きが声に込められているのに、彼は笑っていた。

「俺も見くびられたものだな」

「あっ！」

腕を摑まれ、寝台に組み伏せられる。その時ラーシャは、彼が本気で怒っていることを知った。摑まれた腕にぎりぎりと力が込められ、痛みに顔を歪《ゆが》める。

「俺がそんな覚悟でお前を好いていたと、本気で思っていたのか」

「――――…っ」

ラーシャは激しい困惑の中にいた。ダンテから感じる怒りと悲しみが、ラーシャの心を揺さぶる。彼は何故悲しんでいる？

「自分が愛されるに足る存在だと、どうして思えない」

だがその言葉はラーシャの中にある消えない瑕疵《かし》を刺激した。

「思えるわけないでしょう。あなたも知っているはずだ。俺がどんな存在なのかを」

「何？」

「あなたも見たはずだ。あの洞窟《どうくつ》にいた俺を」

あそこにいたのはただの汚された玩具《がんぐ》だ。壊されるのを待っていただけの。

「俺の心はあそこで死んだ。だからあなたが抱いていたのは、ただの肉だ」

「ただの肉なら――――」

ダンテはますます強くラーシャを押さえつけた。もう二度と逃げ出せないように。

「ただの肉なら、どうして今も苦しんでいる？　子を宿し、大切に育てている？　お前自身があそこで死んだというのなら、新しく生まれ変わったと思えばいい。捨てたお前自身も、俺が拾って大事に愛してやる」

　ラーシャ、と彼はその名を口にした。

「お前は美しい。いや、昔から美しかったよ。あのオーク共の洞窟で傷つけられていたお前さえ、俺にはひどく綺麗《きれい》なものに見えた。だから自分のものにしたいと思って、オーク共を殺した」

　どこか物騒な睦言《むつごと》が、ラーシャの胸を激しくかき立てる。どんなに逃げても逃げても、彼はこうして追ってくる。獲物を決して逃がさない獣のように。

　ダンテは自分の衣服の中を探ると、鉱石を繋《つな》ぎ合わせた首飾りを出した。それは、まだ真新しい血の臭いがした。

「お前を攫《さら》ったオーク共の巣だが、俺が襲撃した時、キングはいち早く逃げたらしいな」

　その首飾りには見覚えがあった。それをつけているオークにも、何度も犯されたことがある。

「あの山の中に新しい巣を作っていたらしい。ここに来る途中で始末しておいた。俺の伴侶を傷つけたんだ。当然の報いだろう」

　首飾りが寝台の上に投げ出される。ラーシャの身体に戦慄《せんりつ》にも似た感覚が走り抜けた。彼はこれほどまでに強い獣性を隠し持っていたのか。少しの間一緒にいて、獣人のことをわかったような気になっていたが、それは間違いだったと思い知らされた。

「……俺が怖いか？」

腕はもう押さえつけられていない。けれどラーシャは動くことができなかった。そんなラーシャを見下ろしているダンテの表情からふっ、と力が消える。

「お前に消えられて、俺がどんなに絶望したのか、お前はわかっていないだろう」

ダンテは怖いかと言ったその口で、ラーシャの胸に顔を埋める。まるで幼子のように頰《ほお》を擦《こす》りつける仕草は、オークキングを殺してきたと言い捨てた男と同じだとはとても思えなかった。

「三年の間、ずっと探していた。もう離さない。二度と黙っていなくなるな」

どこか縋《すが》るような響きを持つダンテの声。獣人の王である彼が、こんな自分に請うように告げている。

ラーシャはふと、窓辺に置かれた小さな花の存在に気がついた。それはカシスがダンテに渡した花だった。ラーシャはおずおずと手を上げると、彼の豪奢《ごうしゃ》な髪を撫《な》でた。

「……俺は、イェンネの里に子供を持ち帰るという役目を放り出しました」

ダンテを諦《あきら》める代わりに、どうしても彼の子が欲しかった。

「俺の穢《けが》れが罪でなくても、仲間を裏切った罪は許されるでしょうか」

「俺が一緒に交渉しよう」

彼は顔を上げて言った。

「あの子は俺達の子だ。ならば俺達の元で育つのが望ましい。イェンネには、何か別の援助を考えよう」

「……ダンテ様」

「それだけか？　あと何をしたら、お前が何を納得したら、俺と共に生きてくれる？」

真剣な目。彼がこんなに自分のことを想ってくれていたことを、どうして気づかなかったのだろう。自分の罪ばかりに気をとられていて、まったく彼を見る余裕がなかったというのか。

「……何も」

ラーシャの瞳《ひとみ》に涙が滲《にじ》んだ。

「何もいりません。あなたの他には何も」

「俺を欲してくれているのか」

「はい」

「会いたかった」

ダンテはどこか切迫した様子で告げる。

「俺の気持ちは変わらない。今もお前を愛している」

真っ直ぐなダンテの想いは、ラーシャの胸に届いた。全身の細胞がざわめいて、彼を愛していると訴える。

「俺もです。あなたのことをずっと――――。ずっと愛していました」

「それなら、俺の元に戻ってきてくれるな？」

「……はい」

ラーシャは戸惑いながらも、それでも素直に頷《うなず》いた。

彼はこんなに真面目《まじめ》にラーシャと生きていくことを考えてくれていたのに、どうしてちゃんと向き合わなかったのだろう。

「あの子と……カシスと過ごしていた時間も幸せでした。それでも、俺の中にはどこかで埋まらない空虚がありました。けれど、俺はそれを抱えて生きていくしかないと、諦めていました」

だが、こうして彼を前にすると、もう二度とその感情にはなれないような気がする。

「ごめんなさい」

俯《うつむ》く頬に長い髪が乱れかかった。

「どうしたら償えますか」

「そう思いつめて考えるな。お前の悪い癖だ」

こつんと額同士をぶつけられ、思わず赤面した。

「そうは言っても……、どうしてもそうなってしまうので……」

「まあ、性分という奴《やつ》だな。仕方がない」

ダンテは口元を引き上げて笑った。久しぶりに見る雄くさい笑みに、思わず見惚《みと》れてしまう。

「それならこれから先、一生俺の側《そば》にいろ」

「……あなたの妃《きさき》に？」

「そうなるな」

「俺に務まるでしょうか」

「何も特別なことはないぞ。ただ俺に愛されていればいい。文句を言う奴は、すべて黙らせる」

「……いえ、彼らの言い分も聞いてください」

「……ああ、わかった」

ダンテと共にいるからには、耳の痛い言葉も聞かなければならないだろう。それがせめてものラーシャに出来ることのひとつだと思った。その上で逃げずに彼と生きる。それはとても難しいことだろう。だが、カシスと、そしてダンテがいてくれたら、なんとかなるような気がした。ついさっきまではあれほど絶望的な気分だったというのに、現金なものだった。

「ラーシャ」

彼に呼ばれ、ラーシャはその緑の瞳を見た。

「あれから、誰にも抱かれてないのか?」

「……っ」

直截《ちょくせつ》な言葉に顔と身体が熱くなる。そう言えば、カシスを身籠《みごも》ってから今日まで、行為自体を忘れていた。それが今ダンテを前にして、あの快楽を思い出しそうになっている。

「してません」

「あの病院にいた男は」

「彼も、彼の父親も、そんな人達ではありません。あの人達は俺に居場所をくれて、カシスを産む時に助けてくれました」

「そうか。それは世話になったんだな」

「はい」

「きちんと礼をしなくては――。しかし、安心した」

ぎゅうっと抱きしめられる。胸と胸がぴったりと合わさり、ダンテの熱が衣服を通して伝わってきた。そして下半身も重なった時、びくりと腰を震わせてしまう。ダンテの熱の塊が自分のそれと触れ合った。

「あの善良な男に嫉妬《しっと》せずに済む」

苦笑交じりの表情を見せられて、ラーシャはたまらなくなってしまう。

「ダンテ、様……」

「ダンテでいい」

彼はラーシャに自分を呼び捨てにしろと言った。

「お前にはそう呼んで欲しい」

目尻《めじり》に浮かんだ涙に口づけられながら囁かれ、ラーシャの息は止まりそうになった。


熱く濡《ぬ》れた舌先で乳首を転がされる度に、甘い痺《しび》れが背中を這《は》い上がっていく。ラーシャはたまらずに身悶《みもだ》えしながら、ダンテの腕の中で仰《の》け反《ぞ》った。

「あっ、は、ぁ…っ、ああ…っ」

ダンテの膝の上に抱え上げられ、愛撫《あいぶ》を受けている。衣服はほとんど脱がされ、互いのそれが寝台の下に散らばっていた。

「ん、く…、あ、あ、ん…っ」

乳首を舐《な》められ、吸われる度にラーシャの身体がびくびくと跳ねる。久しぶりの交歓で肉体が更に敏感になっていた。彼の大きな手で肌を撫でられる毎に背中を反らしてしまう。

「乳はもう出ないのか」

「で、出るわけが…っ」

「そうか、残念だな…。ではここはもう、快感を得るだけの場所になったというわけか」

「やっ、ぁああ…んっ」

強く吸われ、軽く歯を立てられて、ラーシャは泣きそうな声を上げた。気持ちよさのあまり腰を揺らすと、前からも刺激が込み上げてくる。ダンテのものと自分のものが彼の大きな手にひとつに握られ、擦り合わされているからだった。

「よしよし。こっちも気持ちがいいか？」

「んんっ、ぅんっ、い…い…っ」

ダンテの男根は血管を浮かび上がらせて雄々しく屹立《きつりつ》しており、その偉容を目にしたラーシャはくらくらしてしまう。それを挿入された時の快感を思い出して、肉体が早く欲しいと疼《うず》いていた。

「お前は相変わらずよく濡れる」

「やう、う、あ、ああ…っ！」

後ろに回った指が双丘を割り、肉環をまさぐって差し入れられる。媚肉《びにく》がきゅううっと収縮して、内壁を撫でられる刺激に震えた。感じるところを複数箇所押さえられてしまい、久々の身体ではどう堪《こら》えたらいいのかわからなくなる。

「ま、待って、あ、も、もう、イき、そ……っ」

「俺もだ」

互いのものを握っているダンテの指の腹が先端をぐりぐりと撫で回した。

「ひ、いいっ」

腰から背中に鋭い快感が走る。びくびくと身体が跳ねて、ラーシャはその瞬間に達してしまった。ダンテの手の中で二人分の精が弾《はじ》ける。

「ああ、んあぁ――……っ！」

「っ……！」

明らかに快楽に対して耐性がなくなっていた。ダンテの肩に顔を埋めてはあはあと息を整えていると、ふいに視界がぐるりと回って寝台に横たえられる。

「本当にしてなかったようだな」

ダンテはどこか嬉《うれ》しそうだった。両脚を開かされ、その間に頭が沈む。蜜に濡れた内股を舐め上げられ、ひくりと震えた。

「あっ……」

そのあたりを清めるように舌を這わされると、くすぐったさと快楽がない交ぜになってラーシャを襲う。達したばかりの肉茎はふるふると震えて愛撫を待っていた。

「ん、ふ、う…ああ……っ」

足の付け根に舌を這わされると、肉茎がまた張りつめていくのがわかる。彼からはきっと丸見えだろう。恥ずかしくて脚を閉じたいのに、ちっとも力が入らなかった。それどころかもっと見て欲しいとばかりに膝が外側に倒れていく。裏筋をつつうっ、と舌で辿《たど》られ、びくんっ、と腰が跳ねた。

「んううっ」

「もっと舐めて欲しいか」

ラーシャは羞恥《しゅうち》の欲求の狭間《はざま》で戸惑う。だが淫蕩《いんとう》な性のラーシャは、込み上げる興奮に勝てなかった。

「…な、舐めて、くださ…っ、ここ、いじめて…っ」

ダンテの喉《のど》が上下する。彼も興奮を隠さなかった。

「相変わらず、煽《あお》るのがうまいな」

「……ああ、んああっ！　あ……っ」

先端から熱い口の中に含まれ、腰骨が痺れる。肉茎をダンテの巧《たく》みな舌で擦られ、ねぶられると、頭の中が真っ白になった。力の入らない指で敷布を掻《か》きむしり、鷲摑《わしづか》む。

「う、あ…っ、あはあぁああ、あ…っ」

ねっとりと舌を絡められて、背中が浮いた。それだけでも耐えられないのに、弱く強く吸い上げられる。身体の芯《しん》が引き抜かれそうな快感が走り、全身に広がっていった。

「き、気持ち、いぃ……っ、そこ、吸われ、たら…っ」

「ここか?」

ダンテの口がそこに吸いつき、じゅううっ、と吸い上げる。ラーシャは上体を悶えさせ、いい、いい、と口走った。足の爪先《つまさき》がすべて開ききり、ひくひくとわななく。

「可愛《かわい》いな──。もっと虐《いじ》めたくなる。これが好きだったな?」

先端部分で愛液を溢《あふ》れさせている小さな蜜口が苦しそうに口をパクパクさせている。ダンテの舌先がそこを抉《えぐ》ってきた。

「あんんんう──…っ、あ、あ──…っ!」

下半身全体が痺れる。どうにかなってしまいそうな快感に、口の端から唾液《だえき》が零《こぼ》れた。先端を剝《む》き出《だ》しにされ、鋭敏な粘膜を柔らかい舌で犯すように舐められる。

「あっ、い、イく、また、いくうう……っ」

ラーシャが屈服すると、またすっぽりと口の中に含まれ、ねぶるように吸われた。ラーシャは仰け反り、悲鳴のような嬌声《きょうせい》を上げながら絶頂に達する。

「んぁあぁあっ、〜〜〜っ」

ダンテの口中に白蜜が弾けた。自分が放ったそれが飲み下されるのを感じながら、深い余韻にはあはあと息をつく。ダンテは丁寧に肉茎を清めながら、また裏筋にぴちゃりと舌を這わせた。

「んあっ」

ぴくん、とラーシャの肢体が跳ねる。

「あ、や、も、もうっ……」

「まだ堪能《たんのう》しきれていない。もっと舐めさせろ」

「ひぁ、だめ、そこ、イった、ばっかりっ……、ん、う！」

立て続けの強烈な快楽は、たやすくラーシャの理性を蕩《とろ》けさせた。もう腰に力が入らないのに、さらなる口淫に襲われる。ぴくぴくとわななく肉茎は肉厚の舌に喰われるように擦られ、しゃぶられ、先端を転がされた。

「あっ、あっ、んんっ、ああんんんう…っ」

ラーシャはその快楽に耐えるしかなく、啼泣《ていきゅう》しながら何度も背を仰け反らせ、震える指で敷布を引っ掻いた。大小の極みが続けざまに身体を突き抜け、淫《みだ》らな言葉がいくつも口から漏れていく。

「ふああっ、そこぉっ、あああぁあ…っ」

先端のくびれのあたりをじゅるじゅると吸われ、脳髄が灼《や》けつきそうな快感に見舞われた。

「ここが好きだろう?」

「んっすきっ、すき、ぃ……っ、あっ、吸って、そこ、ああ…っ!」

「素直になってえらいぞ。もっと悦《よろこ》ばせてやる」

褒められて嬉しい。気持ちいい。今のラーシャの思考は、そんなことしか考えられなかった。


まだ前戯の段階だというのに、数え切れないほどの絶頂に達してしまった身体が、寝台の上にうつ伏せに横たえられる。首筋にかかる髪を鼻先でかきわけられて、そこに音を立てて口づけられた。そんなことにさえ、感度を上げた身体は敏感に反応してしまう。

「これからが本番だぞ」

「あ、あ……っ」

後ろからするのだろうか。だとしたら腰を上げなければならないが、ラーシャの身体にはどうしたって力が入らなかった。振り返ってそれを目で訴えると、ダンテは大丈夫だというように髪をかき上げてくれる。

「このまま挿《い》れる」

力を抜け、と言った後、ダンテの大きな身体が背後から覆い被さってきた。上から圧迫されるような感覚に拘束されているような感じがする。

「っ」

尻の狭間に感じる熱く重たい男根。その先端が窄《すぼ》まりを探り当て、肉環をぐぐっ、と押し開いてくる。

「んう、ああ、ああう……っ」

肉洞をずぶずぶと突き進んでくる熱いモノ。中をみっしりと埋め尽くされて、充実感に恍惚《こうこつ》となる。

「気持ちいいか」

「あ、あう、い、いい……っ」

ダンテがもっと深く侵入してくる。息を吐きながらそれを迎え入れようとしていたラーシャは、何かが違う、と瞠目《どうもく》した。

「あ、んあ、あ、こ、この、格好……っ」

「なんだ、わかっていなかったのか？」

　この体勢だと、最初から容易《たやす》く最奥まで挿入《はい》ってしまう。彼の男根がそこに当たる度に、全身が快感にわななないた。

「ひあ、う、ん…っ、んあっ、あっ、はあぁあう…っ」

　じゅく、じゅく、とダンテがゆっくりと腰を使ってくる。深く、強く内壁を擦られて、腹の奥がきゅうきゅうと収縮した。

「ああ、あ——…っ、深く、て、きもち、い……っ」

「お前に包まれて、俺も気持ちいいよ」

　ダンテが抽送しながら背中や首筋を愛撫してくる。胸に差し入れられた指で乳首まで弄《いじ》られて、ラーシャは快楽に悶えた。

「あうっ、んっ、ふああ、はああっ…！」

　我慢できずに自分でも腰を動かしてしまうと、もっとたまらなくなる。ダンテの突き上げはゆっくりと、重く、深かった。ラーシャはその一突き毎にイっていた。

「ああ、ふぁあ、ああっ、ダン、テ、ダンテ……っ！」

「ああ」

　彼に促された通りに呼ぶと、背後から顎《あご》を捕らえられ、口を深く塞《ふさ》がれる。微《かす》かに自分の蜜の味のする口づけに火のように興奮してしまい、彼のものを強く締めつけた。口を合わせたままのダンテが喉の奥を詰まらせたように呻《うめ》く。その後、仕返しだとばかりに最奥をぐりぐりと捏《こ》ねられた。

「ああああ、んっ！」

耐えきれずに口吸いから逃れて喘《あえ》ぐと、また塞がれた。息が止まりそうで苦しい。だが死ぬほどに幸福だった。

「はあ……ああ…っ」

「ラーシャっ…！」

彼も最後の抽送に入ったらしく、動きが次第に小刻みになる。内壁が引《ひ》き攣《つ》れるように刺激されて思考が白く塗りつぶされた。ラーシャは髪を振り乱し、いく、いく、と泣き喚く。やがて腹の奥に、熱い飛沫《しぶき》が叩《たた》きつけられた。どくどくと奥に注がれるそれが、腹の中を満たしていく。

「んん、あああぁっ！　〜〜〜〜っ！」

三年もの間彼とまぐわっていないなんて信じられなかった。ラーシャの身体はまるで昨日も抱かれたようにダンテを受け止め、敏感に反応する。このままずっと繋がっていたい。

「あ、ああっ…！」

腰を掴まれ、ぐっ、と持ち上げられた。次の瞬間また奥まで突き上げられ、ラーシャは快楽の悲鳴を上げる。立て続けの行為に耐えきれなくて逃げるように身体を前に逃がすと、ダンテの力強い腕にあっという間に引きずり戻された。

「んんあぁあぁ」

「逃げるな」

もう逃げるな、と彼が囁く。ラーシャは腕を後ろに回し、彼の頭を抱き寄せた。また深く重なる唇。

「ん――うう…んっ」

舌を絡ませ合い、正体がなくなるほどに繋がり合って、太陽が山間に沈む頃、ようやく激しい情交が終わりを告げた。

「今日は泊まって、明日の朝になってから帰ればいい」

「ジャン達が心配します。カシスのことも気になるし」

気の済むまで交わって身体を洗うと、ラーシャはジャンの家のことが急に気になった。ダンテと離れがたいのは本当だが、突然自分がいなくなってカシスが寂しがっているかもしれない。

「わかった。俺も行こう」

「びっくりさせるかもしれません」

「朝に行った時点でもう驚いているだろう」

ダンテに言われて、それもそうかと思った。もう腹をくるしかないのだ。宿を出ると、もう夜になっていた。

「歩けるか？」

「少し、ふらふらしますけど大丈夫です」

まだ火照《ほて》った顔に夜風が気持ちよかった。町の大通りを歩く人達がやはりこちらをちらちらと見ている。偉丈夫の獣人とラーシャはいったいどういう関係なのだろうかと興味津々らしかった。だが、声をかけてくる勇気はないらしい。

医者の家は灯《あか》りがついていた。ラーシャが呼び鈴を鳴らすと、ドアがすぐに開けられた。

「おかえりラーシャ！　……っと」

「夜分にすまない。昼間は世話になったな」

「い、いえ。……どうも」

「ラーシャが帰ってきたのか？」

背後から白髪交じりの男が声をかける。この家の主人である医者のクロードだ。彼がカシスを取り上げてくれた。

クロードはダンテを見て驚いた様子を隠せなかったが、すぐに快く家の中に迎えてくれた。

「もしや、カシスの父君でありますかな」

「はい。ダンテと申します」

ダンテはクロードに対し、丁寧に礼をとる。

「ゴッドフリッドの王様が、確かそんな名前じゃなかったかな?」

「もしや、ゴッドフリッドの……? なんと、これはこれは」

慌てて平伏しようとする彼らを、ダンテが制した。

「やめてください。あなた方はラーシャの恩人だ。頭を下げねばならないのは俺のほうです」

「もったいないことです。さあ、どうぞこちらへ」

「ラーシャ、夕食は?」

「そう言えば、まだ……」

宿に着くなりあんなことになってしまったので、食事どころではなかった。

「シチューでよければ、一緒に召し上がっていきませんか。お口に合わないかもしれませんが」

「これはありがたい。ぜひご馳走《ちそう》にならせていただきたい」

「ジャン、カシスは？」

「二階で寝てるよ。大丈夫、ちゃんといい子だったよ」

　それを聞いてラーシャは胸を撫で下ろした。あの子にも後でちゃんと説明せねばならない。生まれた時に父親が側にいなかったのは自分のせいだ。それをちゃんと謝らないと。

　テーブルの上に夕食が並べられる。なみなみと盛られたシチューにはこの地で採れる野菜が入っていておいしい。籠《かご》に山盛りにされたパンとハム、フルーツが更に盛られていた。

「大変美味《うま》いです」

「そうですか。よかった」

　ダンテは庶民の食事を一切気にせず、美味しそうに食べた。もっとも彼は城に閉じこもっている王ではないから、平民の食事も食べ慣れているのだろう。

　食事が終わってお茶が出されると、ラーシャは改まってクロードとジャンに話をした。

「クロードさん、ジャン、あなた方には感謝してもしきれません」

「……話してくれるかい」

　ラーシャはこれまでのことをクロードとジャンに説明した。ただ、昔オークに捕まっていたことだけはうまく言えなかったが、彼らはおおよそのことは察してくれたらしく、無理に言わなくていいと言ってくれた。

「俺の身勝手さから皆さんに迷惑をかけてしまいました。本当に申し訳ありません。そしてありがとうございました」

「……帰るんだね」

「はい。その前に、イェンネの村に立ち寄りたいと思っています」

村へは帰れない。だが、カシスを村に渡すことはできない。子を産んだものの役目を果たせなくなったことを長《おさ》に謝らなくてはならない。

「寂しくなるなぁ」

「またいずれ来ます」

「ゴッドフリッドに来た時はぜひ立ち寄ってくれ。歓迎しよう」

「王都はとても賑《にぎ》わっていると聞きます。楽しみですな」

「……クロード、ジャン」

おもむろにダンテが立ち上がったので、クロード達は何事かと彼を見上げる。

「ラーシャを助けてくれたこと。そしてカシスを取り上げ、これまで手助けをしてくれたこと、心から礼を言いたい。改めてありがとう」

そうして深々と頭を下げるダンテに、ラーシャも倣って立ち上がった。

「そんな、もったいのうございます」

「そうだよ。困っている時はお互い様だ。それにラーシャとカシスと過ごしてきて、とても楽しかった」

「……ジャン」

「幸せになってね、ラーシャ」

「……うん」

鼻の奥がつんと熱くなる。ラーシャは涙が零れそうになるのを必死でこらえて笑った。


「……お前が辿り着いたのが、この家でよかった」

結局ダンテはこの家に泊まることになり、ラーシャの部屋で夜を過ごしていた。寝台ではカシスがすやすやと眠っている。ひとつのベッドで川の字に横になりながら、ダンテの指が小さな頭をそっと撫でた。

「俺もそう思います」

「だが、一人で産むのは心細かったろう」

俺が側にいてやりたかった、というダンテに、ラーシャはそっと微笑《ほほえ》んだ。

「あなたの元から逃げたのは俺のほうですから。……でも、俺の勝手にカシスを巻き込んでしまったのはすまなかったと思っています」

「これから挽回《ばんかい》すればいいさ。俺もいる」

力強く笑いかけてくるダンテに、ラーシャの胸がいっぱいになった。

「……もう、一人で思いつめるのはやめにしたいと思うんです」

三年もの間諦めずに自分を探してくれた彼に、同じくらい想いを返したい。

「だからあなたにも面倒をかけてしまうかもしれません。色々と相談してしまうかも」

「それのどこが面倒なんだ?」

ダンテはあっさりと返す。

「俺からしたら、何でも言ってくれるほうがいい。たとえ愚痴でも文句でも、黙って消えられるよりはずっとマシだ」

「……すみません」

「お仕置きはまた今度な」

恐縮して肩を竦《すく》めるラーシャの頭を、ダンテが優しく撫でた。彼は本当に度量の広い男だと思う。そんな彼をどうしてあの時は信じられなかったのか。

「ラーシャ」

ふと呼ばれて彼を見た。灯りを落とした部屋の中で、緑色の瞳がきらめいている。

「お前が好きだ。愛している」

これと同じ光景が以前どこかであった気がする。だがあの時とはもう違う。彼と生きるのだ。この手を離されない限りは。

「俺も愛しています。ダンテ」

真新しい心持ちで、ラーシャは愛の言葉を返した。


ダンテは旅立つ時に革の小袋をクロードに渡した。中にぎっしりと詰まっている金貨を見て、クロードは「こんなに受け取れません」と小袋を返す。だがダンテは頑として首を振った。

「駄目だ。それは受け取ってもらわねばこちらが困る。今は急なことでそれくらいしか礼ができないが、改めて送らせてもらう。心苦しいなら、病院の設備や備品をそれで整えるといい。町の住人の役に立つ」

普段は気さくだが、こういうところはさすがに王の資質を見せる。そう言われてしまえばクロードはそれ以上固辞することもできず、恐縮して押し頂いた。

旅支度をさせられたカシスはきょとんとして皆を見上げている。ラーシャはそんなカシスにかがみ込むと優しく言った。

「ここから違うところに行くんだよ。クロードさんとジャンにお別れを言って」

「ちがうところにいくの?」

「そうだよ。お父様と暮らすんだ」

カシスは隣に立つダンテを見上げた。ダンテは逞《たくま》しい腕で軽々と息子を抱き上げる。カシスはその幼い瞳でじっとダンテを見た。

「おとうさま」

「ああ、そうだ。よろしくな、カシス」

昨日会ったばかりにもかかわらず、カシスはにこりと笑った。こういうところは何か獣人ならではなのかもしれない。親子だと、本能でわかってしまうような。

「ラーシャ、カシス、元気でね」

「ジャン――、ジャンもありがとう」

ラーシャは彼の手を両手でとり、握った。すると彼は慌てたように頬を赤らめる。

二人は町の入り口で長いこと手を振ってくれていた。この町に来た時に跨《また》がっていた馬に乗

ったラーシャは、何度も振り返りながら手を振る。

「寂しいか」

隣で手綱を握るダンテが声をかけてきた。ラーシャは小さく笑う。もうすっかり二人の姿は見えなくなった。

「少し。でも、いつまでもあそこにはいられませんから」

あの町ではラーシャはいつまで経《た》っても「客人」だ。本当の自分の居場所にはなりえない。

「そうか」

ダンテは短く返答した。彼は身体の前にカシスを乗せている。初めて町の外に出た彼は、好奇心を丸出しにして初めて見る景色に目をくるくるさせていた。

「町の外は広いだろう、カシス」

「うん！」

「これから違う町や村に行く。それから俺達が暮らす国に帰るんだ」

「ぼくたちのくに？」

「ああ。ゴッドフリッドという」

「どんなところ？」

「そうだな。とてもにぎやかなところだ。空が青くて、色んな花が咲いていて、メシがうまい。

夏は土砂降りの雨がよく降るが、止めばからっとしていて心地いい」

ダンテから聞かされるゴッドフリッドの話を、カシスは興味深そうに聞いていた。

だがその前に、イェンネの村に立ち寄らなくてはならない。そこで自分のしたことの始末をつけなければ。

知らずにまた思いつめていたのか、ダンテが馬を寄せてきて、ラーシャの背をぽんぽんと叩いた。

「また深刻な顔になっていたぞ」

「……すみません」

もやのようにまとわりつく緊張を払うように、ラーシャはふるふると頭を振る。

「俺も一緒にいる。それを忘れるな」

「…はい」

そうだ。今はもう一人ではないのだ。彼も、カシスもいる。

「そういえば、どうして俺があの町にいるってわかったんですか？」

「ああ、それはな……」

ダンテはふと、ばつが悪そうな顔になって、宙に視線を漂わせた。

「お前を探すために使える手はなんでも使った。実はゴッドフリッドには、情報を専門に扱う機関があるんだが、それは一応私的に扱ってはならないことになっている」

「それを使ったんですか」

「使った」

「……駄目じゃないですか」

自分のせいなので、強く言うことができない。ダンテはラーシャににやりと笑ってみせた。

「怒られたが、収穫はあった」

「もう無茶をしないでくださいね」

「お前がいい子にしていれば俺もいい子で王をやっているさ」

何も言い返せずに前を向いたラーシャだったが、ふと緊張が解けて気持ちが楽になっていることに気づいた。


「――――ラーシャ、今までいったいどこに……！」

「役目を放り出し、黙って姿を消して申し訳ありませんでした」

月人の村に着くと、ラーシャ達は真っ直ぐに長の家に向かった。そこへ向かう途中もラーシャの姿を見た者達が顔を寄せ合って囁き合っている様を見かける。

(でも、これは俺のせいだ)

だから彼らを咎《とが》めることはできない。罰も非難も甘んじて受けなければ。

長はひどく驚いた様子で、平身低頭で謝るラーシャと、その隣に立つダンテ、そして最後に彼の腕に抱かれたカシスを見た。ややあってため息をつく。

「……ともかく、お座りなさい。話を聞きましょう」

「はい」

奥の間に通されたラーシャ達は、円座になって腰を下ろした。

「その子は、あなた方の子ですか」

「はい。カシスといいます」

「利発そうな子ですね」

長はカシスに優しく笑いかける。そしてラーシャに視線を戻した。

「心配したのですよ、ラーシャ」

「はい……。申し訳ありません」

「それについては、俺にも責任がある」

悄然《しょうぜん》と俯くラーシャを庇《かば》うようにダンテが口を挟んできた。

「そう言えば、ラーシャを指名したのはあなたでしたね」

「そうだ。俺が彼を追いつめたようなものだ」

「そんな。ダンテは何も……」

「わかりました。それはいったん置いておいて、まず事情を説明してもらえませんか？」

互いに庇い立てを始めるラーシャ達を前に、長は冷静に諭すように告げる。はっとなり、顔が熱くなるのを感じながら、ラーシャはジャン達に話したようにこれまでのことを語った。さすがに二回目ともなると要領よく説明できたと思う。それに長はラーシャの昔の事件を知っているので、その分話も通りやすかった。

「なるほど……よくわかりました」

長は大きく息をつきながら言う。

「つまりその子を、ゴッドフリッドに連れて行きたいということですね。そしてラーシャも妃に迎えたい、と」

「その通りだ。頼まれたことを何一つ果たせなくてすまないが」

そのかわり、この村に対してできる限りの手助けをする、とダンテは言った。

「獣人が繁殖力が高いからということなら、別に俺でなくてもいいだろう。若い雄ならゴッドフリッドにはそれこそ大勢いる」

「それはそうですが……」

長は少し考え込むと、やがてきっぱりとした口調で告げた。

「それについては、もういいのです。滅びるのならば、それは運命なのでしょう。ずっと昔から、これまで多くの動物や種族が滅びてきました。ならば、順番が回ってきただけのこと」

「そんな――」

自分の行動が皆を滅びに向かわせてしまう。ラーシャはそんなふうに思ってしまった。

「俺はどんな責めを負わされても構いません。でもどうかこの子だけは」

「――そうですよ、長。裏切り者は断罪すべきです」

その時、部屋の仕切りの布をめくって一人の若者が入ってきた。

「シスリ」

「子が生まれれば、村の皆で育てる。それが掟《おきて》でしょう。それなのにラーシャは、子が生まれたにもかかわらず雲隠れした。これは許されることではありません」

シスリはラーシャ達の話を聞いていたらしく、強い調子で非難してきた。長が冷静な口調で返す。

「それは違います、シスリ。それはあくまで推奨される話。掟ではありませんよ」

だが暗黙の了解というのは、時に掟と変わらない強制力を発揮する。シスリの言うことは決して妙なことではない。

「俺はどんな処分を受けてもいい。けれどこの子はゴッドフリッドで育ててやりたいんだ」

シスリに訴えるラーシャを、彼は蔑《さげす》むような目で見据えた。

「僕は別に、そんな子を育てたいとは思わないよ。お前の汚れた胎から出てきた子なんか」

「――――」

そう言われるとラーシャは何も言えなくなってしまう。もう平気だと思っていたものが、ふいにおぞましいものに姿を変え、ラーシャの足を竦ませてしまうのだ。

「ちょっといいか」

その時口を挟んだのはダンテだった。

「俺はオークの巣をいくつか潰《つぶ》したことがある。あいつらは他の種族を襲ったり殺したりするからな。だから、他の奴よりは少しオーク共に関しては詳しいほうだ」

「……それが、何か……?」

シスリは眉を顰《ひそ》める。

「ラーシャ、つらいかもしれないが答えてくれ。お前はどうしてあいつらに捕まった?」

突然話を振られてラーシャは戸惑う。だが彼が聞いているのだから、答えねばと思った。

「あのあたりに、薬草が群生しているところがあるから採ってきてくれと言われたんだ」

「長は、あの近くにオークの巣があることを知っていたか？」

「少し前に聞いていました。だから、村の者があのあたりに近寄らないように言っていたはずです」

「どうやって？」

「連絡を回す者がいて、その者から回します。あとは村の広場に張り紙を。ですが広場のほうは全員が見るとは限りません」

「なるほど。では、故意にその情報を回さず、なおかつ彼に危険な場所へ薬草を採りに行かせることもできるわけだ。ラーシャ、お前はその情報を聞いていたか？」

「……」

ラーシャは首を横に振る。

「もし知っていたら、行きませんでした。広場のほうは見ていなかったと思います」

「では、ラーシャに情報を伝える役目のものは？」

長がシスリを見る。それに気づいたシスリは、慌てて首を振った。

「僕が伝えようとして行った時、ラーシャはいなかったんだ。だから次の人に回した。大事な情報だからね。早くみんなに回さないと。でも、行き違いになってしまったかもしれない」

「そうか。まあそんなこともあるな。そして、お前に薬草を採ってくるように言ったのは誰だ?」

後半の問いはラーシャに向けられていた。

『北東の岩場の近くに珍しい薬草が群生しているのが見つかったんだ。ディトリが今体調崩しているだろう? 採取してきてあげられないかな』

『そうか、心配だな……。早いほうがいいだろうから、明日行ってくるよ』

『頼むよ。僕はちょっと別の用事があるから行けないけど』

『薬草を採るのは得意だ。大丈夫だよ、シスリ』

記憶が甦《よみがえ》る。その場所には確かに薬草が生えていた。珍しいものも、よく使うものも。

夢中になって摘んでいると、突然頭部に衝撃が走り、次に気がついた時には薄暗い洞窟の中だった。

ラーシャは呆然《ぼうぜん》とする。では、あれはシスリの仕組んだことだったのだろうか。同じ一族として生まれ、幼い頃から一緒に育ってきたのに、どうして。

「……シスリ」

「な、なんだよ」

「どうしてなんだ?」

どうしてそんなことを、と問いかけた時、シスリの表情が歪んだ。憎悪の目がラーシャに向けられる。

「お前が一族で一番美しかったからだよ」

月に喩えられるイェンネ族は、美しいことが美徳とされる。子供を産むことができる彼らは美しければ美しいほど『いい相手』に恵まれることが多いからだ。

「僕は凡庸だ。朝の光にきらめくお前の横顔を、黒髪を、ただ羨《うらや》むことしか出来なかった」

「そのようなことはありません、シスリ。気立てがよければ、それに惹《ひ》かれて自然といい相手と巡り合えます」

「綺麗事は言わないでくれ！」

シスリが声を荒げる。

「僕はラーシャと同い年だ。それなのに、未《いま》だに『いい相手』とやらに選ばれていない！」

「シスリは前に、ランダルの商人に望まれていたじゃないか」

ラーシャは以前、シスリにいい相手がいることを知っていた。てっきりその相手と番うのだと思っていた。いつの間にか彼の口からその商人の名が出なくなっていたが。

「あんな商人風情なんか相手にしても仕方がない。僕は稀少なイェンネ族なのに」

吐き捨てるように言ったシスリに、ラーシャはただ困惑する。どうして彼にそんなに嫌われてしまったのかわからなかった。それは、ラーシャがあんな地獄を見るくらいのことだったのだろうか。

「なるほどな」

ダンテがゆっくりと立ち上がった。

「確かにお前じゃ、ろくな相手が見つからないだろうな」

最近になってわかってきた。ダンテは本当に怒っている時は、声を荒らげない。

「そんな妬《ねた》み根性丸出しじゃ、その性根が姿に出るのは当たり前だ」

「な……」

シスリは一瞬たじろいだ。だがすぐにダンテを睨《にら》みつけて嚙《か》みつくように告げる。

「獣人風情が、えらそうに……！」

シスリがそう言った時、シスリが悲鳴を上げた。ダンテが彼の腕をひねり上げたのだ。

「うわああっ！」

肩が外れそうな激痛にシスリの悲鳴が上がる。

「ダンテ……！」

ダンテの行動に、ラーシャは思わず瞠目した。咄嗟《とっさ》に止めようとしたが、ダンテの眼差《まなざ》しに遮られてしまう。

「獣人風情で悪かったな。だがオークに勝てるのは獣人の俺だ。お前も適当なオークの巣に放り込んでやろうか。そうしたらあいつがどんな地獄を見てきたかわかるんじゃないのか」

ダンテは笑った。その口元から犬歯を覗《のぞ》かせる。告げられてシスリの顔色が変わった。ラーシャも慌てて立ち上がる。

「ひっ…、や、やめっ…、嫌だっ！」

シスリも、オークに蹂躙《じゅうりん》されるということがどんなことかよくわかっているらしい。それをされたラーシャを、実際にその目で見てきたのだ。彼は顔色を変えてもがく。だがダンテの膂力《りょりょく》に摑まれた腕はぴくりとも動かない。

「ダンテ、離してやってくれ！」

取りなすと、だがダンテは意外とあっさりとシスリを解放した。脅すだけのつもりだったのだろうか。先ほどの彼からは本気の色が見えたので、ラーシャは背筋が冷たくなるのを感じたのだ。

「大丈夫か、シスリ」

「っ……！」

痛そうに腕を押さえるシスリを窺《うかが》うと、彼はキッ、とした目でラーシャを睨みつけた。

「……なんでだよ」

「え？」

「僕はお前に……ひどいことをしたのに。どうして怒ったり殴ったりしないんだ。僕を馬鹿にしているのか！」

「……シスリは、俺を陥れて楽しかったか」

「は？　そんなの、決まって……」

「そういうふうには見えない」

ラーシャの言葉にシスリはぐっ、と声を詰まらせた。

「俺がここに戻ってきてからも、今も、シスリはずっとイライラしてるみたいでつらそうだった。シスリは俺のせいだと思っているようだけど、それは違うと思う。たとえ俺がどんなに傷ついたとしても、シスリの心は晴れない」

「……」

「俺のことはもういい。周りをよく確認しなかった俺もうかつだったし、今は幸せだから。シスリの不快の原因が俺なんだったら、俺のことはもう忘れていいから」

仕方ない、とラーシャは告げた。

「――……っ！」

シスリの顔が歪む。ぎりっ、と歯を食いしばり、その目にみるみる涙が盛り上がった。

「そういうところが嫌いなんだよ‼」

ラーシャを突き飛ばし、シスリは部屋を出て行った。よろけたラーシャの背中をダンテが受け止める。

「妬みと憧《あこが》れが自分でも区別がついてないんだ。しょうもない奴だな」

冷たく言い捨てるダンテを、ラーシャは見上げた。

「ラーシャ、シスリのこと、長としてお詫《わ》びします。彼の処遇は考えますので」

「いえ、いいんです」

シスリが出て行った部屋の入り口を見つめながらラーシャは言う。

「今は多分、彼のほうが傷ついているように見えます」

自分はダンテと巡り合えた。それは奇跡だったのだ。わかるまでに三年以上を要してしまったが、自分は恵まれていたのだとラーシャは思う。

あの最悪の記憶は自分の中に今もある。おそらく夢に見て飛び起きる日もあるだろう。けれど、それでも彼が側にいてくれるのなら大丈夫だと、根拠もなしにそう思えるのだ。今は。

「お前はお人好し過ぎるな」

ダンテはため息交じりにそう言うが、ラーシャは首を振る。自分はお人好しでも優しくもない。ただ幸運だっただけだ。

「では、その子はあなた方が育てるといいでしょう」

「ご許可をいただけますか」

「獣人の血が色濃く出ているその子にとってはそのほうがいいでしょうね」

長はカシスの頭部の小さな耳にそっと触れた。彼はこの騒ぎの中でもクッションに顔を埋めてくうくうと眠っている。

「大物になるでしょうね」

「俺に似てな」

「そういうことは自分では言わないものですよ、ダンテ」

長の言葉に、ラーシャも思わず笑いを漏らした。

長は獣人の王家と親交があるらしく、ダンテが小さい頃から知っていると言っていた。だからこんなにも気安いのか。

やっと戻ってきた平穏な空気に、ラーシャはほっとする思いで微笑んだ。


村に泊まり、一夜明けた朝、長の見送りを受けてラーシャ達はいよいよゴッドフリッドに向けて出立することになった。馬に跨がり村の入り口に向かうと、そこに誰かが立っているのが見える。

「……あれは、あいつじゃないか」

目のいいダンテが先に気づいた。

「……シスリ」

ラーシャは瞠目した。昨日袂《たもと》を分かったと思ったシスリが、人待ち顔でそこに立っている。

彼はラーシャ達に気づくと、気まずそうな顔をして近づいてくるのを待った。

「シスリ」

ラーシャは馬を下りて彼に声をかけた。シスリは唇を噛むようにして黙っていたが、やがて勢いよく頭を下げる。

「ごめん」

驚いて見つめるラーシャに彼は続けた。

「謝って済むことじゃないのはわかってる。でもずっと苦しくて……お前が言ったことも本当で……ラーシャが羨ましかったんだ」

そこで顔を上げたシスリは涙を流していた。

「あの時、村にお前が戻ってこなかった時、本当にオークに捕まってしまったんだって思った。なんてことをしてしまったんだってすぐに思った。けどそれを認めるのが怖くて、ラーシャはひどい目に遭っても仕方がない奴だからって自分に思い込ませてた」

シスリの声は悔恨に沈んでいた。

「わかった」

ラーシャは告げる。

「シスリの気持ちを受け止めるよ」

「……本当に？」

「気にしなくていい。……とまではさすがに言えないけど。でもあの出来事と、今のシスリを別だと考えられるように努力する」

ラーシャの言葉に、シスリは一瞬呆然として、それからまたぼろぼろと泣き出した。

「うん、ごめん……ありがとう……」

「また会おう」

そう言って抱き合い、ラーシャはまた馬に乗って、村を後にした。


「何か怒ってますか？」

どこか不機嫌そうなダンテに、ラーシャは声をかけた。彼はちらりと横目でラーシャを見た後、深く息をつき首を振った。

「……お前に怒っているわけじゃない。……いや、そうとも言えるか」

「俺が何か叱《しか》られるようなことをしましたか？」

ラーシャは心配そうに彼に尋ねる。

「お前に落ち度はない。むしろその寛容さはお前の美徳だ。惚《ほ》れ直したと言ってもいい」

だが、とダンテは続けた。

「俺はあいつを許せそうにない。それなのにあいつにあんな優しい顔を見せたお前に怒っている。俺にももっとあんな顔を向けて欲しいのに」

「は……」

要は嫉妬なのだと、さすがのラーシャにもわかった。拗《す》ねたような横顔がなんだか子供っぽくて、圧倒的な雄だとばかり思っていたダンテの意外な一面を見た感じだった。

「すまん、八つ当たりだった」

ダンテはすまなそうにこちらを見る。彼の前に座っていたカシスが、それに呼応したようにきゃっきゃと笑った。

「こいつにも笑われてしまったな」

彼は苦笑してカシスの頭を撫でる。

「――あの」

ラーシャは唐突にダンテに呼びかけた。そして、彼に訴える。

「口づけてくれませんか、今」

突拍子もないことを言っているのはわかる。けれど今は、その衝動に従ってもいいと感じたのだ。

「……もちろんだ」

ダンテが笑い、馬を寄せてくる。彼の手がカシスの目を覆った。顔が近づいてくる。口づけをねだったのは自分なのに、その瞬間はどうしても恥ずかしくて、ラーシャは瞼《まぶた》を閉じた。

「おかえりなさいませ、陛下」

「ああ、留守にしてすまなかったな」

「いえいえ、城を飛び出していく主にいちいち立腹していては、陛下の家臣など務まりませんから、――それに、成果はあったようですし」

城の中でダンテ達を迎えた彼の臣下は、側にいるラーシャとカシスを見つめて微笑んだ。

「迎える妃が美しい月人とは、実に陛下らしい」

「だろう？　――ラーシャ。こいつはミトラだ。口は悪いが信用は出来る奴だぞ」

ダンテが重用している家臣なのだろう。体格のいいダンテよりも更に一回り体格がよく、背も大きかった。頭部に熊のような耳がある。熊の獣人だろうか。ラーシャは前に出て、ミトラと呼ばれた男に深々と礼をした。

「ラーシャです。長い間、勝手な行動をとってしまい、ダンテ様を始め皆さんにご迷惑をおかけしました」

「いえいえ。そんなものは、愛想をつかされた陛下が悪いんですよ。でもまあ、うまくいったようでよかったです。何しろあなたが見つからなければ、国が傾きかねませんでしたからね」

「おい、ミトラ」

「本当のことでしょう。血相変えて一人で戻ってきたと思ったら、またすぐに探しに行くなんておっしゃるから、まず準備を整えなさいと説得するのにどれだけ苦労したと思っているんですか」

「それについては悪かったよ。だが、あの時は本当に余裕がなかったんだから仕方がないだろう」

苦虫を噛み潰したように告げるダンテに、ラーシャは驚きを隠せなかった。

「どうしてお前がいなくなったのかわからなくて、混乱してたんだ」

それでも絶対に諦めたくはなかった。逃げられたんだから仕方ない。別の相手を、と言う者もいたが、お前でなければ嫌だった。

そんなふうに告げられて、胸が締めつけられるように彼が愛《いと》おしくなるのを感じた。こんなに思われていたなんて知らなかった。いや、知ろうとしていなかったのかもしれない。

「結婚の儀の準備をするぞ。急がないが、納得のいくものにしたい」

「すぐに専門の部署を立ち上げましょう」

「結婚の、儀？」

驚いて問い返したラーシャを、彼らは不思議そうに見た。

「お前はゴッドフリッドの妃であり、俺の連れ合いだ。皆に見せて、『こいつに手出しをしたらただではおかない』と念を押す。そういう儀式だ」

「……人前に、出る？」

仕方のないことだが、奇異な目で見られることにもなるだろう。だが、彼の妃になるということは、そういう役目も負うということだ。

「そう固く考えることはありません。要は陛下は、あなたを見せびらかしたいのですよ」

「身も蓋《ふた》もないことを言うな」

「事実なのは否定しないのですね」

「そりゃあな」

二人の会話を聞いて、緊張しかけた心が強張《こわば》りを解いていく。必要以上に身構えていたのは自分のほうだったのかもしれない。

「まあ、いつぞやお前を呼び出して詰めた連中のように、皆が皆手放しで歓迎するというわけにはいかないかもしれない。けどそんな声からも、俺はお前を守っていく」

「いいえ――――ダンテ」

ラーシャはダンテと共に生きると決意した時のことを思い出した。

「どんな目で見られても受け止めます。それは俺自身の問題なので、自分で解決しなくては」

「……がんばるのは結構だが、そんなに一度にやらなくていいんだぞ。心配になる」

ダンテはラーシャの頭を撫で、それからカシスの頭を撫でた。

「俺はお前がここに来てくれて、すごく支えられている。どんな敵とも戦える。それに、群れの身内を守るのは俺の本能でもある。だから俺にもお前を支えさせてくれ」

ダンテは獣人であり、それは獣と人の本能を同時に持つということだ。だから彼はラーシャに危害を加える者に容赦はしない。だがラーシャのことを責めた家臣や、シスリに対して、その本能のままに振る舞うことをしなかった。我慢していたのだ。それはラーシャが人側に属するからで、その理を尊重していてくれたのだろう。

「……ありがとうございます」

何度目だろう。彼の言葉や行動に胸が熱くなるのは。

「甘えます、ちゃんと」

「うん」

ダンテはひどく嬉しそうだった。

カシスは守り役に連れられ、彼自身に与えられた部屋で眠ることになった。最初は心配したラーシャだったが、カシスが初めての環境に怖がることもなく、逆に好奇心旺盛なところを見せたので、ダンテも大丈夫だろうと判断したのだ。

「ところで、カシスが月人の血を引いているということは、あいつも子を産めるということか？」

　二人だけの寝台で、ダンテは思い出したように尋ねてきた。

「すべての子がそうなるわけではありません。月人というのはイェンネ族の中でも、男の身体で子を孕《はら》める者の呼び方です」

　外からの種で生まれた子もイェンネ族ではあるが、男で孕むことが出来るのはその中でも限られている。だが、イェンネ族の血を引いていなければその性質は現れない。

「なあ、ちなみにあのシスリって奴はどっちなんだ？」

「彼は、月人ではないほうです」

「なるほどな」

　ダンテはため息をついた。

「その意味でも、お前は妬まれてたってわけだ」

「……」

　今は遠い故郷の彼のことを思い出す。彼も自分の幸せを見つけてくれればいい。

「今、あいつのことを考えていただろう」

　肩を抱き寄せられ、ダンテの胸に引き寄せられる。薄い夜着は互いの体温を簡単に通して伝わらせる。

「ここでは俺のことだけを考えてくれ」

腰の帯をゆっくりと解かれる。行為の始まる合図に、ラーシャは思わず身を震わせた。期待しているようで恥ずかしい。だが、その通りだ。ダンテに抱かれる時のあの熱を快楽を、身体が勝手に思い出してしまう。

「……ずっと、あなたのことを考えています」

震える声でそう告げて、首に腕を回す。薄く唇を開くと、熱い唇がすぐに覆い被さってきた。口内に入ってきた舌に敏感な粘膜を舐め上げられる。

「ん、ぅんっ……」

舌を絡め合うとちゅくちゅくと卑猥《ひわい》な音が漏れて、頭蓋《ずがい》に響く淫猥《いんわい》な響きに興奮してしまう。それでなくとも、舌をしゃぶられたり、上顎の裏を舐められると涙が滲みそうなくらいに気持ちがいいのだ。

「あふ……、あ、ん」

もともと淫蕩だったラーシャの肉体は、ダンテに何度も抱かれ、暴かれていくうちに、さらにいやらしく躾《しつ》けられてしまった。下帯の上から股間《こかん》を握られ、軽く上下されただけで声が出てしまう。

「あんんっ……んっ」

「感じるか」

布越しに感じる彼の指は巧みで意地悪だ。隆起した場所を焦《じ》らすようにすりすりと指先でなぞり、ふいに掌《てのひら》全体で包んで強めに揉《も》んでくる。ラーシャはその度に背筋を反らしてあっ、あっ、と喘いだ。

「か、感じ…るっ」

「そうか。今夜もたっぷり可愛がってやるからな。お前が泣いて漏らすくらいにだ」

「く、ふ…あっ、そ、んな…のっ」

そんなふうにされたら、おかしくなってしまう。

怯《おび》えと期待がラーシャの中でせめぎ合うが、結局はいつも期待のほうが勝ってしまう。

ダンテは急がずにラーシャを愛した。夜着をはだけられ、刺激に尖《とが》った乳首を摘まれてこりこりと弄られる。

「んああっんっ」

脚の間も下帯越しに撫でられていて、もどかしい快感に身を捩《よじ》った。先端から溢れる愛液が布を濡らしていく。後ろの窄まりが収縮し、腹の奥がきゅううっ…とうねった。乳暈《にゅううん》をくすぐられ、下帯越しの肉茎もさわさわと悪戯《いたずら》されるように刺激されると、ラーシャの腰がたまらずに浮いた。

「ああっ……あっ……！」

焦《じ》らさないで。もっと虐めて。そんな言葉が口をついて出そうになる。

「どうして欲しい？」

ダンテの唇が耳元に押し当てられて、低く甘い囁きが注ぎ込まれた。背筋がわななき、腰にきゅんっとした戦慄《せんりつ》が走る。

「お前がして欲しいことを言ってくれ」

「うっ…あ、ぁ…ん、そんなっ……」

「正直になれるだろう？　そしたら、もっともっと気持ちいいことをしてやる」

ダンテは張りつめた下帯を指先でカリカリと引っ掻いた。その途端、ラーシャの下肢がびくりと跳ねる。

「んあっんっ」

少し強い刺激が来て、ラーシャの身体は必死にそれに縋りつこうとする。けれどダンテはすぐにやめてしまい、また緩慢に股間を撫で続けるだけだった。

「あぁっ…！　ダンテっ…、ダンテっ」

焦れったさに身体が燃え上がりそうだった。ラーシャは唇を舐めると、恥ずかしさに啜《すす》り泣《な》きながら望みを口にする。

「あっあ、こ、ここ、直接…さわっ、て、もっと、ぐちょぐちょにして、虐め、てぇ……っ」

卑猥な言葉を垂れ流すと、もっと感じてしまうということを知っていた。

「ああ、いいぞ」

ぐっ、と下帯をむしり取られ、もう濡れそぼっていた肉茎が屹立した。抑えつけるものがなくなった解放感と大事な部分を剝き出しにしている心許《こころもと》なさに、ラーシャは目眩《めまい》でも感じたように横を向いた。

「すごいな…。もうずぶ濡れだ。望み通り、虐めてやるからな」

「ああ…っ」

ダンテの指先が根元から先端へつつうっと滑っていく。それだけの刺激に腰が震えた。彼はラーシャの先端に自分の手を被せると、そのまま掌を回すようにぐりぐりと捏ね回す。

「あ、ひっ、ひぃいっ」

打って変わって突然与えられた強い刺激に、ラーシャは思わず悲鳴じみた嬌声を上げた。脳まで突き抜けるような快感に意識がたちまち飛びそうになる。

「ああっだめっ！　それだめっ……っくううう——…っ」

「虐めて欲しかったんだろう？　嫌ならやめるか？」

「んあっ…！」

ダンテの手の動きが止まりそうになって、思わず不満そうな声を上げてしまった。もっと、もっとぎりぎりまで追いつめられたい。泣いて喚いても許さないで欲しい。そんな被虐の望みがラーシャの中に確かにあった。

「や、や……っ」

やめないで欲しい、とダンテの手に自分の手を重ねる。すると彼の悪戯っぽい、それでも優しい目と視線が合った。

「やめなくていいのか?」

「ん……」

柔らかく口を吸われ、こくこくと頷く。

「なら続けるからな」

「ああっ!」

ぐりっ、と擦られ、ラーシャは腰を浮かせた。ダンテがぐちゅぐちゅと手を動かす度に、あまりの快感に腰骨が砕けそうになる。

「あ……っ、ひっ! んぁ、あっ、あっ、あっ!」

鋭敏な先端部分を念入りに擦られて腰が甘く痺れた。ダンテの指は巧みで、ラーシャがどうされるのが好きなのかちゃんとわかっている。

「あ、ふぁ…あ、ダンテ、きもち…っ、きもち、い……っ」

「可愛いな、ラーシャ……。お前は本当に可愛い」

恍惚《こうこつ》として快感を訴えると、耳元に睦言を囁かれて、さらに興奮が高まっていった。足の付け根が不規則に痙攣《けいれん》している。

「イきそうか？」

「んっ、イくっ、いくぅぅう……っ！」

はち切れる寸前まで快楽が込み上げてきて、ラーシャはダンテの腕の中で悶えた。仰け反って持ち上がった胸の上でつんと尖《とが》った乳首をそっと噛まれる。

「んあ、あっ、あっ！」

がくん、と全身が跳ねた。体内で暴れ回っている快感がついに弾けて、強烈な絶頂がラーシャを襲う。

「あはあぁあああ…っ！　ん、んっ、んっ！」

ダンテの手の中で白蜜が噴き上がる。耐えられずに浮いた尻が恥知らずなほどに何度も振り立てられた。

「あっ、あっ、こん、な…っ」

晒《さら》した痴態のあまりの恥ずかしさに泣き出すラーシャの涙を、ダンテが舌先で舐めとる。

「もっといやらしい姿を見せてくれ」

めちゃくちゃになったお前が好きだ、と囁かれ、ラーシャは喘ぐ。

「あ、うっ、う……っ」

吐精してぴくぴくと震えている肉茎。その肉茎にまた指が絡み、愛液に濡れたものをにゅるにゅると扱《しご》き出した。

「あう、ううんっ！　そ、なことしたら、また、イっ……」

「なら、イかない程度に触ってやろうな」

「ひぁ、んっ……！」

達したばかりのものをそっとなぞるように触れられて、身体中がぞくぞくとわななく。裏筋を何度も撫で上げられると、両脚の震えが止まらなくなった。気持ちいいのに、決してイけない緩やかな快楽。

「は、あ…あ、んぁあ、や…っ」

張りつめて苦しそうにそそり立つものに優しく指を滑らされるだけの快楽。じくじくと神経が煮えて、力の入らない手で何度も敷布を握りしめた。

「んぁあ…っ、もう…っ、もう、へんに、なる……っ」

腰をくねらせる様は、そんな気などないのに、まるでダンテを挑発するかのようだった。

「あ、イき…たい、もっ…と、強いの…っ」

もうずっと興奮しっぱなしで頭がくらくらする。意地悪をされているのに、少しも嫌ではなかった。ダンテにならば何をされてもいい。愛撫をねだりながら、ラーシャは半ば恍惚となっていた。

「こうか？」

「んっ…あ、あ、あっ、あぁぁ――～…っ」

いきなり根元からぐちゅん！　と強く扱かれ、乳を搾るように指で締めつけられる。打って変わって強烈な快感を与えられて、腰骨が灼けつきそうになった。

「あっ、ふぁあっ、腰、熔け……っ」

ダンテの逞しい腕にしがみつきながら、ラーシャは待ち望んだ強烈な快感と絶頂を味わった。

「んんん、あぁぁあ……っ！」

達している間も先端を擦られて啼泣してしまう。焦らされた分絶頂は長くラーシャを弄《もてあそ》んで、彼の腕の中で身悶えを繰り返した。

「こっちももう濡れてるか？」

「んうう…っ」

濡れた指が後ろへ滑り、窄まりをこじ開けて挿入してくる。

「あ、は…っうう」

指を入れられ、内壁を擦られると全身が怖いくらいにぞくぞくとした。ダンテが指を動かす度にくちゅくちゅと卑猥な音が響いてくる。

「もう一本くらい平気か？」

「んあ、あ、んくうう…っ」

二本目が挿入されるのを、ラーシャは為《な》す術《すべ》もなく咥《くわ》え込《こ》まされた。それはもうすっかり蕩けていて彼の指くらい難なく受け入れてしまえる。二本の指をばらばらに動かされると、ラーシャは仰け反ったままびくびくと跳ねた。

「このへんか？」

「は、あはあっ！」

内部の弱いところをくにくにと押されてしまうと、もう何も考えられなくなってしまう。

「あっ、あっ、あ…っ、そ、そこ、だめ、ええ……っ」

「気持ちいいところはたくさん可愛がってやらないとな」

そこはダンテのものを入れられた時、張り出した部分で抉られると泣きそうに感じてしまうところだ。そんな場所を指で虐められたら、我慢できるはずがない。

「ふああ、あっあっ、そこ、いく…っ！　すぐ、イく、から……っ、んん、んうう――――

……っ」

あまりにもあっけなくラーシャは達してしまった。ダンテの指を強く食い締め、腰を小刻みに痙攣させる。

「ひ、ぃ……あっ！」

その間にもダンテは挿入させた指で泣き所をぐっ、ぐっ、と強く押すので、ラーシャは二度三度と甘くイくのだった。

「おいおい、指だけでそんなにイかないでくれよ」

「あうっ…あ…うっ…」

激しい余韻に喘ぐラーシャの唇を優しく吸いながらダンテは言う。イかせているのは彼本人だというのに。

「んう……っ」

ずるり、と内部から指が引き抜かれる。その感触にすらひどく感じてしまうのだ。

(欲しがっている)

ラーシャは自分の肉体が焦げつかんばかりにダンテを欲しているのを感じた。いつものそれとは違う、もっと深いところで求めているような感じ。これはきっと月人の本能だ。ラーシャは教えられずともそう悟った。

「ラーシャ」

「ああ……ん」

ダンテがラーシャを後ろから組み敷き、首筋を噛んでくる。

「もっと可愛がってやりたかったが、俺も限界だ。お前が欲しい」

いつになく性急な仕草でのしかかられて、ラーシャの胸が激しく脈打った。自分と同じだけ彼が求めてくれるように感じたのだ。

「い、いれ、てくださ……っ」

ラーシャは腰を高く突き上げ、ダンテの挿入をねだる。彼の喉が上下するのが見えた。双丘を摑まれ、猛々《たけだけ》しいものの先端が後孔に押し当てられる。

「あっ」

ぬぐ、と肉環が押し開かれるのを感じた。そして一番太いところがぐぐっ、と通過していく感覚。

「んう、あああぁあ……っ」

ラーシャはそれを手脚を震わせながら耐える。本当はまたすぐにでも達してしまいそうだったが、なんとか堪えようとした。その甲斐《かい》あってか挿入の刺激には耐えきり、ラーシャははあはあと荒い息を吐く。

「お前の中は熱くて、狭くて、情熱的だな……」

「……っ」

褒められて、それだけでラーシャの媚肉は震えてしまう。そんなラーシャの必死さを知らず、ダンテはおもむろに奥へ向けて一突きした。

「んうっ、あああぁああ」

今度ばかりは耐えられず、ラーシャは背中を仰け反らせて絶頂した。長い黒髪が背中から敷布へとちりばめられる。長大なダンテのものを肉洞が包み込み、もっと奥へ誘い込むように蠕《ぜん》動《どう》した。

「は、あ――…、おく…っ、ジンジン、して…っ」

ラーシャの内奥は、それまでの快楽のせいで、ひどく疼いていた。彼のものが入っているだけでも感じてしまう。

「奥に欲しいのか？」

「ん、く…う、奥、い、いっぱい、ずんずんって、突いて、くださ…っ、なか、うねって、どうにかなりそうだから……っ」

ひっきりなしに蠢《うごめ》いているラーシャの肉洞が早くかき回して欲しいとねだっている。ダンテはそれに応えるように細腰を摑むと、容赦のない抽送を加えた。

「あんんんっ！」

ずうん、と最奥まで腰を沈め、ぐりぐりとそこを擦る。

「ふあああ――――…っ」

あられもない嬌声が反った喉から上がった。腹の中でじゅわじゅわと広がる快感が身体中へと広がっていく。ラーシャの口の端から唾液が零れた。ぐちっ、ぐちっ、とそこに当てられる度にイってしまう。

「またイきっぱなしになったか」

「んくう、ああああっ、だ、だっ、て…えっ、きもち、いぃ……っ！」

ラーシャの白い肌が上気し、蛇のように上体がうねる。身体の中でいくつも快感が爆《は》ぜて、その度に死にそうな気持ちよさに襲われる。

「んん、ああっ！」

両腕をダンテに摑まれ、後ろに引っ張られると上体が浮いた。そのまま何度も突き上げられて、不安定な体勢のまま喘ぎ泣く。

「はっ、あ…っ、あっあっ！　す、ごい……！　すごい、ダンテっ」

「く…っ、ラーシャ…っ！」

ラーシャの痴態に興奮しているのか、ダンテの声も上擦っている。体内のものが膨れ上がっ

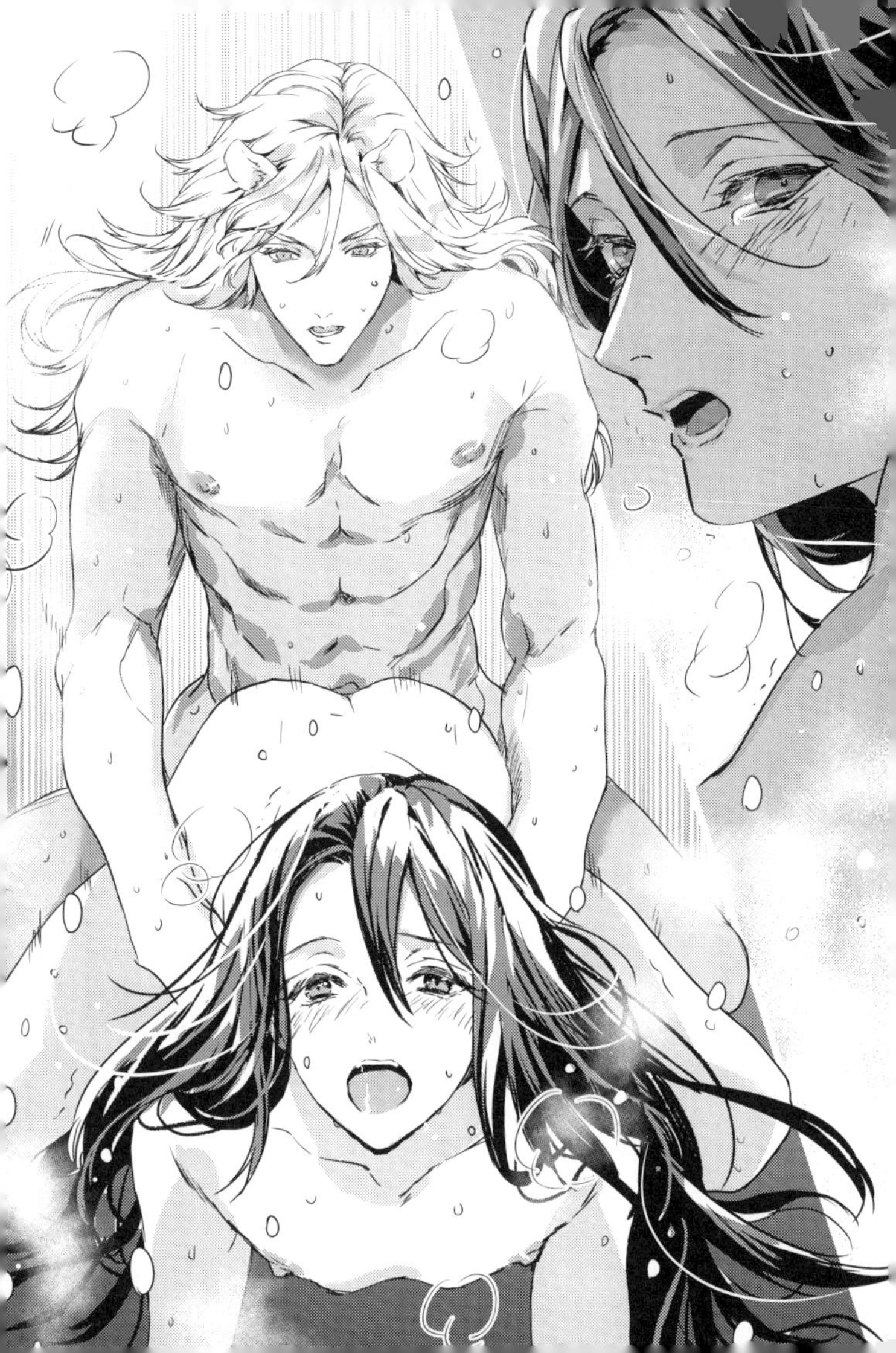

て、ラーシャは喜悦の悲鳴を上げた。肉を打つ音と、卑猥な粘液の音が部屋に響く。

「ああっいいっ……！　そ、れ、いい……っ」

律動の度に彼の先端がラーシャの最奥にぶち当たり、ごりごりと抉ってくるのが総毛立つほどにいいのだ。

いつになく余裕のなさそうなダンテが食いしばった奥歯から低い呻きを漏らす。彼も限界が近かった。

「ラーシャ、いくぞ…っ」

「んん、ああっ、だし、て、いっぱい、い……っ」

また種をつけて。そう訴えた時、腹の中にダンテの精がぶちまけられた。

「ひい、い、あ――……！」

「くっ――！」

凄《すさ》まじい絶頂に全身を包まれる。身体から火を噴くかと思うような極みだった。よすぎて苦しくて、けれど多幸感に包まれている。

「っ、は、あ――んっ」

腕が離されたと思うと、背後から両腕で抱きしめられた。そのままダンテは寝台の上に座り込み、ラーシャもまた繋がったままで彼の膝の上に座り込む。その時に両脚を持ち上げられてしまい、そうすると自重でダンテのものに串刺《くしざ》しにされてしまった。

「うあ、あっ！　いっ……く、う……！」

深く貫かれてしまい、ラーシャは思い切り背を反らした。脚の間のものの先端から、ぷしゃあっ、と音を立てて液体が噴き上がる。

「やあっ、あっ！　止ま、らな……っ！」

潮まで噴いてしまって、あまりの羞恥に悶え泣いた。だが背後のダンテに顎を掴まれて強引に口づけられる。舌根が痛むほどに吸われると、彼を咥え込んでいる内壁がきつく締まった。

「お前を離さないからな」

獰猛《どうもう》な色に変わったダンテの瞳を見て、ラーシャは身体の芯《しん》が燃え立つのを感じた。

離して欲しくない。離れたくない。

「あ、あ…っ、おれ、も……っ」

もう自分が何を口走っているのかよくわからなかった。ただ、彼がひどく嬉しそうな表情をしたことだけはわかる。

「もう一度出すぞ、ラーシャ」

「は、あ…、あああっ！」

抜かないままにまた注がれ、快感と熱が全身を浸す。理性を失った夜の中で、自分のほうが獣のようだと思った。

大勢の祝福の声が広間を満たしている。

ある晴れた日、ダンテとラーシャは婚姻の儀を執り行った。ラーシャはゴッドフリッドの婚礼の衣装を着せられている。いくつもの刺繡《ししゅう》が織り込まれた美しい布はラーシャの美貌《びぼう》によく似合った。

周りの参列者がそれを見て、口々に何かを囁いている。皆どこか幸せそうで、それが嬉しいな、とラーシャは思った。

「皆がお前に見惚れている」

「そんなことはありません。あなたのことを見ているのでしょう」

「俺のことを見ている者もいるだろうが、やはりお前が注目を集めている。見ろ、以前お前に文句を言ってきた奴らが、ぼうっとして見惚れているぞ」

　そこにはダンテの家臣達がいた。ラーシャがここに来たことに反対した者達だ。だが今は、どこかぼんやりと夢見るような顔でこちらを見つめている。

　王であるダンテの装いも、それは素晴らしいものだった。白い上着には黄金の刺繍が入っていて、濃紺の差し色がよく映えている。上から羽織ったマントはただでさえ豪奢な彼をさらに華やかに見せていた。そして儀式にはもう一人、小さな出席者がいる。

　カシスもまた精一杯の衣装を着せられてわけもわからず緊張したような顔をしていたが、ダンテに抱き上げられると声を立てて笑い出した。

「ようし。お前も男前だ」

　足下には花が散っている。出席者の祝いの道を通ると、宴が始まった。これは三日三晩続くらしい。カシスは最初の数時間は機嫌良く過ごしていたが、後は疲れたらしく寝てしまった。周りの喧噪《けんそう》をものともせずに熟睡する様はいっそ頼もしい。

「俺はお前と、カシスと幸せになりたい」

　顔をくっつけてそんなことを囁かれ、ラーシャは微笑む。

　以前は幸せなど縁のないものと思っていた。けれど今はもう、少し欲深くなってもいいだろうか。

　彼と一緒に、この先できれば、ずっと永く。

あの地獄の日々は、今日に至るためのものだったのだと。

そう思ってもいいだろうか。

「俺はもう幸せです」

そういうとダンテは虚をつかれたような顔をして、すぐに破顔すると「確かに」と答えた。

掘り出しものを買ってもいいだろうか？

城の回廊を歩いていた時、向かい側の廊下から声をかけられた。

「ラーシャ！」

見れば、夫のダンテが庭を突っ切ってこちらに真っ直ぐ駆けてくる。

「探していたぞ」

「どうかしましたか？」

ダンテは緑の瞳をきらめかせてラーシャを見つめている。これは彼が何かとても楽しいことを見つけた時の目で、最近は息子がよくこんな目をしていた。

「おいで。行商人が来た。一緒に見よう」

「行商人？」

城には謁見を望む者が訪れる。その中にはめずらしい品物を買ってもらおうとする商人もよく来ていた。

「必要なものは特にありませんが……」

ラーシャがダンテの妃《きさき》になってからというもの、彼は美しい絹織物や装飾品の類《たぐ》いなどをラーシャに頻繁に贈っていた。ラーシャ自身は自分を飾り立てることにはさほど関心がない。王の伴侶《はんりょ》となった以上最低限の身繕いはしているが、自分から特に欲しいものがあると言ったことはなかった。書物くらいだろうか。

「違う、そうじゃない。ちょっと特別なんだ」

「特別？」

そんな会話を交わす間にも、ラーシャはダンテに手を引っ張られてどこかへ連れて行かれた。

「それはそうと、今日はカシスはどうしている？」

「ケイナに城下に連れていってもらっています」

ゴッドフリッドの王族は城に籠《こ》もって生活しているわけではない。ダンテもそうだったが、幼い頃から様々な見識を積むために市井と積極的に交流していた。カシスもまたそのような教育を受けており、守り役となったケイナと城下の子供達と交流をしているのだ。

「そうか。それは好都合」

どうやらカシスがいては不都合なものらしい。ラーシャは頭に疑問符を浮かべながら、ダンテに手を引かれるまま城の一画に連れていかれた。

「こちらが、本日のお品でございます。どれもめずらしいものばかりですよ」

行商人が待っていたのは城の奥まった一室だった。人払いをされているそのあたりは静まり返っている。

テーブルには商人が持って来た物品が並べられていた。

「……？」

それらを見た時、ラーシャはすぐにはそれらがどんなものなのかよくわからなかった。

「なるほど、見た目も洒落《しゃれ》ているものなのだな」

「ええ、もちろんです。これらは使って楽しむだけではなく、美術品としても価値のあるものでございます」

東の国から来たという風変わりな服装をしている商人は、意味ありげな笑みを浮かべて品物を見せた。

「ふむ……。一推しはどれだ？」

「そうですね。こちらの張り型や、羽根などはいかがでしょう」

「これか」

ダンテは勧められたそれを手に取った。これは何に使うものなのだろうか。棒のような形状をしているが、その表面はぼこぼこと凹凸《おうとつ》がついていた。それに片方の先端が傘のように張り出していて、商人は美術品と言うが、ラーシャの目にはあまり美しいとは思えなかった。そう、これではまるで――――。

「――――っ！」

ラーシャはようやくこれらが何なのかがわかった。ダンテが手にしているのは、男根を模したもの、つまりこれらはすべて、淫具《いんぐ》なのか。

ラーシャの顔が音がするようにボンッ、と赤くなる。

「……どうだ、ラーシャ。これを買ってみるか？」

ダンテが薄く笑いながら尋ねてきたが、ラーシャに答えられるはずもない。

「お妃様にも、喜んでいただけるかと」

「よし。では、これとこれをもらおうか、あとはこれもだ」

「ありがとうございます」

ダンテが行商人からいくつかの品物を買うのを、ラーシャはただ固まりながら見ているしかなかった。

「ああいう人達はよく来るんですか？」

湯浴《ゆあ》みを済ませ、寝所に入ったラーシャは寝酒を嗜《たしな》んでいるダンテに若干抗議するような口調で尋ねた。

「なんだ、怒っているのか？」

「怒っていません」

「いや、怒っているだろう」

ダンテは杯を置いて慌ててラーシャの肩を抱く。青い瞳にじっと見つめられて、彼は少しばつが悪そうな顔をした。

「たまにな。半年に一、二回くらいに来る。普段はもっと普通の品物を持ってくるんだが、俺が結婚したと聞いてああいう品揃《しなぞろ》えだったらしい」

なんともはや即物的なものだ。

「だが、お前が嫌なら使わない」

彼は閨《ねや》では意地悪なこともするが、ラーシャが本当に嫌なことはしない。もっとも、彼とする行為で嫌なことはないのだが。

「俺は――――その、あなたになら、どんなことをされてもいいんです」

泣いて許しを請うても、その実は身体の奥底から悦《よろこ》んでいる。それは月人《げつじん》の本能のようなものだ。

「たとえ鎖に繋《つな》がれて飼われたとしても、あなたになら、いい」

オークにされたことと同じことをされたとしても、この男がするなら受け入れてしまえる。

「そういう生きものなんです、俺は」

「ラーシャ、そんなことを言うな」

ダンテの指が唇をなぞった。

「俺はただお前との夜を愉《たの》しみたいだけだ。お前をうんと悦ばせてやりたかった」

「わかっています」

ダンテの手を取り、その指先にそっと口づける。

「これは、いつも俺を苛《いじ》める指です」

小さく口を開いて、ぱくりと指先を咥《くわ》えた。彼が小さく喉《のど》を鳴らす気配が伝わってくる。ラーシャ自身の腰の奥もずくん、と疼《うず》き始めた。被虐の性質が込み上げてくる。この逞《たくま》しい肉体に組み敷かれ、凶悪な肉棒で思う様に奥をかき回されたい。身体中を意地悪な愛撫《あいぶ》で濡《ぬ》らされ、もう許してくれと泣くほどに焦らされて何度もイかされたい。

「……だから、あなたの思うように俺を扱ってください」

「扱うなどと言うな」

　ふわりという浮遊感の後、ラーシャは彼に敷布の上に沈められた。

「お前を可愛《かわい》がりたい。気持ちよくなっているお前が見たい。いいだろうか」

「……はい」

　ダンテに抱かれてから、自分に向けられる欲望というものがひどく嬉《うれ》しいものだということを、ラーシャは初めて知った。かつて欲望の餌食《えじき》になっていた自分がそんなことを思うなんて、以前なら絶対に考えられなかったろう。

「……んんっ」

　口を吸われ、口中を舐《な》め上げられると、背筋がぞくぞくしてしまう。この身体がはしたなく熱を上げてしまっていることも、きっと彼にはすぐわかってしまうはずだ。

「ふ、は……っ」

　舌をしゃぶられながら身体に手を這《は》わせられる。上顎《うわあご》の裏側を舐められて思わず喘《あえ》いでしまった。

「……縛ってもいいか？」

　反応を見るように尋ねられ、ラーシャはきょとんとするようにダンテを見上げる。

「昼間、お前を縛るのにふさわしい美しい紐《ひも》を買っただろう。そいつを試してみたい。嫌か？」

嫌ならしない、と告げられて、気遣われていることに胸がくすぐったくなった。ラーシャはダンテの首に腕を絡める。

「縛ってください。俺をがんじがらめにして欲しい」

彼の喉が上下する気配が伝わってくる。

「あまり煽《あお》るな」

どうなっても知らんぞ、と言われ、身体の奥が甘く疼いた。


それは七色の糸が織り交ぜられた美しい飾り紐だった。後ろ手に手首を縛られたラーシャにはそれがどんな綺麗《きれい》な紐なのかよくわからないが、ダンテが満足するのならばいいと思う。

「あ、は……っ」

乳首をれろ、と舐められて、ラーシャの上体がびくん、と跳ねた。そのまま弾《はじ》くように舌先で刺激されると、身体の中からぞわぞわという感覚が込み上げてくる。

「ん、い、う……っ」

身を捩《よじ》ると、否応《いやおう》なしに拘束された手の存在を思い知らされてしまう。まったく抗《あらが》えない。

けれど、ラーシャがダンテに対して、抗えたことがあるだろうか。

「……俺が何をしようがお前はもう抵抗できないんだぞ。怖くないのか？」

「んん、あっ！」

彼の手がラーシャの股間《こかん》の肉茎を握ってくる。じんわりと握られ、軽く扱《しご》かれて、その刺激に軽く背を仰《の》け反《ぞ》らせた。すると胸を突き出すような体勢になってしまって、乳首をさらにしゃぶられ、上体が細かく震え出す。

「あ、ん…っ、あ、んっ」

身体の内側から炎のように込み上げてくる興奮と快感。ダンテには何でも許してしまってはいるが、自身の反応を自分で確かめるのはやはり恥ずかしかった。

「……っあ、は…うっ」

後ろが濡れるのは、月人特有の特徴だ。ラーシャの後孔はダンテの指を受け入れて蠕動《ぜんどう》を始める。ぐぐっ、と入ってきた指に軽く泣き所を撫《な》でられると、泣きたくなるほどの快感が湧き上がる。

「ここが好きなんだったな。しばらく撫でていてやろう」

「あ、んあっ、あうっ…っんっ、ふ、ああ……っ」

彼の指の腹が、性感のいっぱいにつまったその部分を優しく優しく撫でていく。

「気持ちいいか?」

「ん、ふ、ああ…っ、…っき、もち、いぃ……」

それだけでも快楽が過ぎて、両の脚がぶるぶると震えだした。彼の指がそこでくにくにと動くと、ああっ、という高い声が出てしまう。

ダンテの頭が胸から徐々に下へと降りていく。何をされるのか、淫《みだ》らな予感にラーシャの喉がひくりと蠢《うごめ》いた。両脚を大きく広げさせられる。

「……あああっ」

肉茎がカアッと灼《や》けつくような快感に包まれた。それはダンテの口の中にすっぽりと含まれてしまい、肉厚の舌にねっとりと舐められる。

「…あっ、あっ、あぁぁあ……っ!」

あまりの快楽に涙が滲《にじ》んだ。敏感な器官をしゃぶられ、吸われると、頭の中が真っ白になってしまう。

「……っくううううんっ」

裏筋を舌全体で擦《こす》るようにされ、根元部分を指でくすぐるように愛撫されて、ラーシャは何度も背を反らした。そんなことをされたら、すぐにイってしまう。

「ああっ、い、イっ、くっ…!」

「……もう少し我慢していろ」

「や…っ、ああっあっ」

根元を強く押さえられる感覚。達するのを留められたまま続けられる濃厚な愛撫はおかしくなってしまいそうだった。張りつめた内股がぶるぶると震える。そのまま何度も何度も追い上げられて、ラーシャはイくことのできない快感に啼泣《ていきゅう》する。

「ああ、あ……っ、も、うっ…」

「イきたいか？」

意地悪な舌先で先端の蜜口を突きながら彼は問うてきた。ラーシャの腰が浮く。

「っ、あっあっ、い、イくっ、イき、たい、ぃっ……！」

「……じゃあ、イかせてやろうな」

そのまま口中深く咥えられ、じゅううっと音を立てながら強く吸われる。その瞬間、ラーシャの思考が白く染まった。

「っ、あ――……っ」

あられもない声が上がる。下半身ががくがくと痙攣《けいれん》して、白蜜がダンテの口の中で弾けた。

（腰、とける）

強烈な絶頂感に下半身が占拠される。身体中が甘く痺《しび》れて、ようやっと波が引いた後、ラーシャはくったりと敷布の海に沈んだ。

「まだ満足してもらったら困るな。買ったものをほとんど試していない」

そう言ってダンテは昼間熱心に見ていたものを取り出した。男根を模した淫靡《いんび》な玩具《がんぐ》。それは使われる者に快楽を与えるためだけに特化しているような形状だった。

「挿《い》れるぞ。力を抜いていろ」

「っ、あ…っ」

淫具の先端が後孔の入り口に押し当てられる。縦に割れた肉環が、グロテスクとも言えるそれをゆっくりと呑《の》み込《こ》んでいった。

「ん、う、うう、う……っ」

「苦しくないか?」

「な、ああっあっ……」

苦しいのだろうか。淫具は決して控えめな大きさではなかったが、肉環を押し開くようにしてそれが入ってくると、内壁がびくびくとわななきながら絡みついてしまう。表面についている微妙な凹凸がいいところに当たってたまらなかった。

「どうだ。どんな感じがする?」

「え、あ…ああっ!?」

ふいにラーシャの肢体がびくん、と跳ねた。淫具についているでっぱりが、ラーシャの中の絶妙な位置に当たっている。そのせいで、ただ当たっているだけでもじゅわじゅわと快感が込み上げてきた。

「こ、れ……っ、ん、んんっ！」

全身にじんわりと汗が浮き出てくる。じっとしていられないくらいに気持ちがいいのに、両腕を拘束されているせいで身を捩るくらいしかできない。

「ちゃんといいところに当たってるか？」

ダンテがふいに淫具の底の部分をとん、と叩《たた》いた。その瞬間、雷のような愉悦《ゆえつ》が身体の中心を貫く。

「あ、は、あぁぁあ……っ！」

がくんがくんと全身をわななかせ、ラーシャはイってしまった。すると当然淫具を強く締めつけることになってしまい、先端が更に弱い部分を刺激する。

「く、ふ、うぅぅんっ」

「よさそうだな。ほら、これはどうだ？」

ダンテは基底部を摑《つか》み、軽く揺すってくる。そんなことをされたらたまらない。

「あっ、あ――〜っ、だ、め、だめぇぇ……っ！」

「そんな感じるのか？　少し妬《や》けてくるな」

彼は勝手なことを言いながらも、淫具を揺らす手は止まらない。それどころか、ぐるりと回して刺激してくる。

「あ、うあ、〰〰っ！」

そそり立ったラーシャのものの先端からまた白蜜が噴き上がった。立て続けの絶頂で頭がくらくらする。

「ひぃっ…、ア、う、動かないで、くださっ…、それっ……！」

「動かすのは嫌なのか？」

「……っ」

ラーシャはこくこくと頷《うなず》く。するとダンテの手は至極あっさりと淫具から離れた。思わずほっとしたラーシャだったが、甘かったのだと思い知らされる。

「それならこれで可愛がってやる」

次に見せられたのは鳥の羽根だった。美しい色の羽根がいくつか束ねられ、その先が刺激に尖《とが》った乳首をそっと撫でる。

「ふあ、ああ…っ、んっ」

柔らかなその感触が身体中を滑っていった。その度にぞくぞくとした快感が起こるのが止まらない。

「そ、れ、だめになるっ…、駄目になる、からっ」

羽根はラーシャの上半身から内股、脚の付け根までを滑っていった。まだ肝心の部分には触れられていない。けれどそれだけでも、ラーシャは何度か甘く達してしまっている。それなのに、これで股間や後ろを刺激されたら。

「……～っ」

ひくっ、と期待に喉がヒクつく。

「こんなに悦んでくれるとは思わなかったよ。入手した甲斐《かい》があったな」

「あ、あ…っ」

「じゃあ、ここはどうなんだ？」

羽根が肉茎をつつうっ、と撫で上げていった。

「ふあ、あああ…あっ、ああっ、あ――…っ」

下半身が恐ろしい勢いで震えていく。逃れられない快感に頭の中が沸騰して、ラーシャは浮かせた腰を振り立てた。

「こら、あんまり動くな」

可愛がってやれないだろ、と、蠢く腰をダンテに押さえつけられる。

「ん、だって、あ、あ、ふあああっ」

そしてついに羽根が、淫具を咥え込んでいる後孔に襲いかかった。肉環のふちを優しく撫で回されると、もう本当にどうにかなってしまいそうだった。ひっきりなしに淫具を締めつけてしまうので、泣き所に当たって絶頂が止まらない。

「あ、ひ…っ！　あっあっあああっ」

理性をなくして我を忘れて悶《もだ》えるラーシャに、ダンテの焦げつくように熱い視線が注がれた。

(見られて、る)

こんなに恥ずかしい姿を見られている。卑猥《ひわい》な玩具で腰を浮かせて振る姿を見られている。

羞恥《しゅうち》と興奮がラーシャの身体の芯《しん》を燃え上がらせた。

「あ、あ――〜っ、ダン、テ……っ！」

その瞬間、ダンテは手にした淫具を放り投げる。ラーシャの中に埋められた張り型も引き抜かれ、彼はその腰を乱暴に持ち上げた。

「くあっ、んんあああっ、ううっ」

猛《たけ》った男根がラーシャの肉洞に捻《ね》じ込《こ》まれる。充分すぎるほどに解れて濡れていたそこは、ダンテの血管すら浮かせたそれを包み込むように受け入れた。

「ラーシャ…っ！」

「っ、あっ、ひっ、……んうううっ」

腰の上に抱え上げられ、下からぐちゅんぐちゅんと突き上げられる。最初の一突きでラーシャは達してしまっていたが、そのまま容赦なくぶち当てられて、口の端から唾液《だえき》を滴らせるほどに感じていた。

（す、ごい）

熱い血の通っている彼のものはどくどくと脈打っている。それはつい先刻まで入れられていた淫具にはないものだった。

「や、う、ううう……っ！」

両手で双丘を乱暴なほどに揉《も》みしだかれると、中の壁にダンテ自身が激しく擦られてしまう。

「あっそれっ……！　それ、いい……っ」

「ああ、俺も、すごくいい…！」

拘束されたままの肢体でラーシャが身悶えると、ダンテの手が後ろに回り、手を縛める縄を解いてくれた。

「ああ……っ」

力の入らない両腕で逞しい身体に縋《すが》りつく。

「ラーシャ……、奥を、緩めてくれ」

「……っ」

彼がどこに入りたいのかはわかった。普段は閉ざされている、ラーシャの肉体の一番奥。

「で、も、どうしたら、いいのか…っ」

そこは自分の意識が及ぶところではない。するとダンテは汗まみれの顔で不敵に笑った。

「お前が許可さえくれればいい」

「わ、かりました。ダンテの、すきに……っ」

そう言った途端、腰を摑むダンテの手に力が入る。入る角度が微妙に変わって、『その入り口』に彼の先端が押し当てられた。ラーシャの全身がじわっ、と痺れる。

「あ、ひ！」

最奥がぐぽっ、と開くのがわかった。その場所に彼のものが這入《はい》り込んだ瞬間、死んでしまうのではないかと思うほどの快感が押し寄せる。

「…っあ、ア、あ――――！　～～～っ、っ！」

悲鳴は声にならなかった。ただ震えて痙攣する身体を抱きしめられ、何度も揺らされる。

ラーシャは止めどのない、苦しいほどの絶頂のただ中で、自分を呼ぶ彼の声を何度も聞いた。

「大丈夫か？」

汗に濡れた額をかき上げられ、ラーシャはゆっくりと目を開ける。心配そうに覗《のぞ》き込《こ》んでくる彼に小さく頷いてみせた。

「悪かったな。止まらなかった」

熱の引いた肩や背中を優しく撫でられるのが心地よくて、ラーシャは長いため息をつく。

「最後には玩具などどうでもよくなってしまった」

「せっかくお買いになったのに」

「まあ、お前に勝るものはないということだ」

きっぱりした口調でそう告げたダンテだったが、「だがたまにはいいな」と漏らすのを、眠りに落ちる寸前のラーシャははっきりと聞いて、苦笑するのだった。

あとがき

こんにちは。西野花《にしのはな》です。『金獅子王と孕む月』を読んでいただきましてありがとうございました。

やはり、過去にモブレされた受けはいいものだと、この話を書いて思いました。攻めからのお清めセックスまでがセットです。それと、今回のお話はシークレットベビー要素がありまして、攻めから逃げた受けがこっそりと子育てをするのですが、自著では一番たくさん子供を書きました。二歳の子がどれくらいしゃべれるのかわからない…。多少早熟だとしたらそれは獣人の血を引いているせいです！

今回は久しぶりに北沢《きたざわ》きょう先生と組ませていただきました。ありがとうございます。ラーシャもダンテもイメージ通りで、特にラーシャの美しさに、こんな子がオークの群れに陵辱されてたのかーとちょっとゲスい思いに駆られました。

担当様も面倒見てくださってありがとうございました。いつも感謝&恐縮しております。

最近は世の中が色々と大変ですが、そういう時こそエンタメの出番だと思っていますので、読者さんが私の本で少しでも楽しい気分になってもらえたらなと願います。

私はペーパードライバーですので、普段の生活の足は自転車です。最近十年乗った電動アシスト付き自転車を新車にしました。某家電量販店のポイントをコツコツ貯めまして、十二万くらいするものを五万くらいで買いました。そして十年経つと、技術の進化というものが如実にわかります。電チャリにはバッテリーというものが必要なんですが（これでアシストしてくれる。充電が必要）新しいバッテリーは今までのものよりも大きさが三分の二になり、走行距離が十km増えました。車体もなんだか軽くなっている…！　これから色々と乗り回すのが楽しみです。

そして今年はデビュー十五年目です。こんな私がこれまでよく生き残ってこれたものです…。ここまで来たら二十年目を目指したいので、読者の皆様、出版社の皆様、どうぞよろしくお願いします。がんばります…！

それでは、またお会いしましょう。

西野　花

Twitter ID hana_nishino

この本を読んでのご意見、ご感想を編集部までお寄せください。

《あて先》〒141-8202　東京都品川区上大崎3-1-1　徳間書店　キャラ編集部気付
「金獅子王と孕む月」係

【読者アンケートフォーム】
QRコードより作品の感想・アンケートをお送り頂けます。
Chara公式サイト http://www.chara-info.net/

■初出一覧
金獅子王と孕む月……書き下ろし
掘り出しものを買ってもいいだろうか？……書き下ろし

2022年4月30日　初刷

著者　西野花
発行者　松下俊也
発行所　株式会社徳間書店
〒141-8202　東京都品川区上大崎3-1-1
電話　049-293-5521（販売部）
　　　03-5403-4348（編集部）
振替　00140-0-44392

Chara
金獅子王と孕む月……【キャラ文庫】

印刷・製本　図書印刷株式会社
カバー・口絵　近代美術株式会社
デザイン　Asanomi Graphic

定価はカバーに表記してあります。

本書の一部あるいは全部を無断で複写複製することは、法律で認められた場合を除き、著作権の侵害となります。

乱丁・落丁の場合はお取り替えいたします。

© HANA NISHINO 2022
ISBN978-4-19-901063-7

キャラ文庫最新刊

暴君竜の純情　暴君竜を飼いならせ番外編1

犬飼のの
イラスト✦笠井あゆみ

可畏《かい》と潤《じゅん》が恋人同士になるまでの舞台裏が垣間見える、待望の番外編集第一弾!!　さらに「人魚王を飼いならせ」も大加筆して収録♥

金獅子王と孕む月

西野 花
イラスト✦北沢きょう

男性妊娠が可能な月人のラーシャ。ここ数年村に子供が生まれず絶滅寸前のところ、皆が恐れる獣人王との子作りを任命されて――!?

欠けた記憶と宿命の輪　不浄の回廊3

夜光 花
イラスト✦小山田あみ

二年間の修行の末、帰郷した歩《あゆむ》。早速西条《さいじょう》を訪ねるけれど、行方知れずで音信不通。何とか発見すると、なんと歩のことを忘れていて!?

5月新刊のお知らせ

犬飼のの　イラスト✦笠井あゆみ　[暴君竜の純愛 暴君竜を飼いならせ番外編2]
すとう茉莉沙　イラスト✦サマミヤアカザ　[本物しかいらない(仮)]
火崎 勇　イラスト✦兼守美行　[お子様には負けるもんか!(仮)]

5/27（金）発売予定